文 學 叢 書 091

威尼斯畫記

The Venice Diary

李黎◎著

目次

水之書
——我的威尼斯日記

此刻你掀開、正要閱讀的這本書，其實是一本日記。

給自己八天的時間：我必須放下執著與先見，摒除虛妄的雜念，一個人來到一個陌生的城市，重新謙虛地做一名繪畫課的學生。原先以為不會是一件很容易的事，然而在威尼斯這個奇妙的城市裡，我幾乎像一尾魚滑進水裡那般輕易而快樂地做到了。

白天看美術館、寫生、攝影，夜晚伏案書寫詳細的筆記——日記。把日記整理出書，當然不免需要作文字上的修飾，以及涉及的資料的複

查與訂正；但日記的原貌仍是保留著的，就像那些來自「現場」的圖畫和照片──甚至還可以看出偶或即興的筆觸，和一些不經意間宣露的私語。

重讀一遍自己的日記，即使是如此熟悉親密的話語，並且已能預知下一頁的風景，我依然可以感受到自己對一個地方漸進的、由淺至深的熟悉，以及結識過程中的驚喜和感動，就像對一個戀慕已久卻方纔親近的人。也如同對壯麗經典與雋永小品的兼容並閱：我到過威尼斯最廣為人知的名勝，也走過許多僻靜而別具風情特色的離島、小街，甚至當地人過平常日子的方場和市集……威尼斯具有比一顆鑽石還繁複美麗的許許多多面。

在威尼斯的每一天，我行路、乘船、過橋、觀景、畫畫……與「景」的相對遠超過與人的交談，因而有充分的心靈時間留給自己。我非常珍惜這段獨處的時光：在一個陌生的環境裡，不時從一旁靜靜觀察這個

「自己」。寫日記也正是自我的對話——
每個夜晚，在威尼斯安靜的旅店裡，打
開日記本就彷彿打開了自己……

　　而今再讀卡爾維諾的《看不見的城市》，幾乎每一章、每一句都呈
現了新的風貌與想像。通過眼睛和畫筆，我試著認識、記取這個華美而
深邃的城市；然而卡爾維諾是對的：你看得越多，看不見的也越多。

　　別忘了，威尼斯是一座建在水上的城市。所有我們以為看見的、記
得的，可能只是她無所不在的水中倒影——而水，也是時間的倒影。

　　你將要讀到的這本日記，其實就是為著凝止那些倒影而寫下的，水
之書。

二〇〇五年春於美國加州史丹福

馬可孛羅說：
「每次我描述某個城市時，
我其實是在說有關威尼斯的事情。」

——伊塔羅·卡爾維諾，《看不見的城市》：第六章首

第1章　上路

旅人的過去，會隨著他所依循的路徑而變：每當抵達一個新城市，旅人就再一次發現一個他不知道自己曾經擁有的過去。

（卡爾維諾，《看不見的城市》：第二章首）

＊

　這是一次威尼斯繪畫之旅──其實四年前就該來的，已經報了名，卻因那一陣子旅行太多太累而放棄了。事後難過了很久。四年之後，終於完成了心願。

　上這位老師的素描課，已經是將近十年前的事了。當時去選修那門史丹福大學的校外課程，為的只是那門課有真人模特兒；幾堂課上下來發現老師人很好，親切和藹又認真。他開始領班到異國名城寫生，修過他課的學生都收到通知了。威尼斯是第一處，其後每年一處：巴黎、倫敦、翡冷翠……我相信他還會再回威尼斯的，我等著。果然。

＊

　世間的城市都有奇妙的關連，一如世間的水、世間的橋。威尼斯與蘇州、杭州、揚州這些地方都是有關連的。人與城市也是。我知道自己

與這裡亦有某種關連──某種緣分。

　　二十年前到過威尼斯，真的是走馬看花，連夜也未度；在聖馬可廣場餵了鴿子，買了一組藍地白花的玻璃酒瓶酒杯，至今還供在家中。奇怪年輕時去什麼地方並不想知道太多，像 blind date，碰運氣的約會。現在要把 homework 功課做足……然而又怎樣呢，真的就會玩得更開心嗎？

　　先預習家庭作業當然也有用處，比方這些好玩的知識就是備課時學到的：

　　──在威尼斯，木橋是暫時的，叫 ponti provvisori（臨時橋），早年只有二十年壽命。石橋叫 ponti definiti，永遠的橋，最終的橋。

　　（什麼是永遠的橋？最終的橋？奈何橋吧？）

　　── Ponti privati：私人橋，有的晚上可以從水上卸下來，搬回自家院子裡。簡直比拉上吊橋還決絕。嘿，你可曾見過拎著一座橋回家的人？

*

　　初見威尼斯地圖，覺得形狀像一條魚。阿城說像骨節、又像女高音交握的雙手，都是因為中間那條大運河，感覺上把一個城分割開了。我不管河只看全形，分明就是個魚形。我將要去住上八個夜晚的旅館，該是在魚腹最肥腴的那塊上。

　　地圖上的威尼斯島跟義大利本土放在一起看簡直小得可憐。當年竟會叱咤海上風雲，什麼道理？

　　黃仁宇的《赫遜河畔談中國歷史》的序文中談到現代資本主義的經濟制度，提及威尼斯有這一段話，值得一錄：

西歐資本主義的最先進是威尼斯。因為它是一個自由城市，處於一個海沼（lagoon）之中，受大陸的影響輕微，中世紀後，當地貴族都變成了重要紳商，或者受政府津貼。全民十萬口左右，壯齡男子，都有服海軍兵役的義務，陸軍倒以僱傭兵（condottieri）為之。重要商業又係國營，城中鹹水又不便製造，於是盡力經商。雖役匠寡婦，也可以將蓄積加入股份（colleganza），水手也能帶貨。這樣一來，一個國家就是一座城市，這一座城市又等於一間大公司。民法與商法，也區別至微。《莎氏樂府》裡面的《威尼斯商人》稱兩造合同預訂借債不還則須割肉一磅作抵償，到時法庭就準備照約施行，雖說是誇大譏諷，暗中卻已表示威城以商業性的法律作主宰，信用必須竭力保障的背景，這也可以說是資本主義的真髓。

＊

　　從舊金山機場乘德航飛法蘭克福轉機。十幾年前了吧，去西柏林，在法蘭克福小停，從那裡乘火車去阿姆斯特丹，沒有特別深的印象。一向覺得德國人或許有可敬之處但不可愛，講話聲氣硬梆梆的也不可親。意外的是晚餐竟然好吃，有鮭魚，這在飛機餐倒是少見。通常飛機食物是出名的難吃，尤其在長程痛不欲飛之際，聞到餐點車推來，飢腸轆轆卻有反胃的奇異反應，這是乘飛機的另一大痛苦。

　　一路上讀諾貝爾桂冠詩人布洛斯基（Joseph Brodsky）寫威尼斯的散文集《水痕》（*Watermark*）。他葬在威尼斯的墓島（Isola di San Michele），十年前在史丹福大學與他有過一面之緣，短暫交談過。《水痕》一開頭就是：「Many moons ago...」譯成中文無甚特別：「許多個月前……」，但用 moons 而不用 months，感覺就不一樣。一本書打開才第二個字，moons，就是詩了。

他形容第一次見到麗雅托大橋（Ponte di Rialto）的印象：「The sky was momentarily obscured by the huge marble parenthesis of a bridge, and suddenly everything was flooded with light.（一座橋的巨大的大理石圓弧，使得天空暫時變得模糊了，忽然間每樣事物都滿溢著光。）」

「Water is the image of time.（水是時間的形象。）」他也這麼說。從孔子到阿波里奈爾（Guillaume Apollinaire）、到布洛斯基，水與時間都有奇妙的等同：「逝者如斯夫！」

布洛斯基說

麗雅托大橋。橋上幾乎永遠是擁擠的。

我的旅館

威尼斯的形狀像「two grilled fish sharing a plate, or perhaps like two nearly overlaping lobster claws」——盤子裡的兩條烤魚，或者是像兩只幾乎交疊在一起的龍蝦鉗子；還提到巴斯特那克（Boris Pasternak）乾脆將之比作一塊鼓漲的可頌麵包——怎麼全是吃的？

　　還是我的意象好。就是一條魚，而且還在海水裡游著的。

第 2 章 抵達

當你抵達斐利斯後，觀賞橫跨運河之上的橋梁會令你賞心悅目，每座
橋各不相同：拱型的、有遮蓋的、架在橋柱上的、架在平底船上的、
懸吊的、有花格欄杆的⋯⋯

（卡爾維諾，《看不見的城市》：〈城市與眼睛〉之四）

運河上川流不息的水上巴士。

＊

在法蘭克福機場等候了五個小時！早一班已經全滿，根本上不去。法蘭克福機場是屬於不好玩的那種，不像阿姆斯特丹或一些日本的機場；而且抽菸的人太多，烏煙瘴氣的。不過機場時間也好打發，看書、看人、寫筆記、喝咖啡、上廁所……也就捱到登機時間了。

過了瑞士的雪山便是威尼斯的腹地 Veneto 那一大片綠地，然後水澤，然後……威尼斯島出現了！從天上看威尼斯島，果然是一條魚在水中。

下午五時許抵馬可孛羅機場。取了行李、從提款機取了歐元（此地的 ATM 還真管用呢），竟趕上五點四十分的水上巴士，比水上「的士」便宜多了。

Lagoon 裡浪急，是鄰接亞得里亞海的水域哪。第一站先停麗都島（Lido），瞥見許多高級旅館，很多電影喜歡拍到的場景。

六點鐘，岸上教堂鐘聲大鳴。當然知道歐洲這些大教堂每個小時——甚至每半小時或每刻鐘——都會敲鐘，但初來乍到即聞歡悅交響的鐘聲，不妨自作多情地當成是歡迎的表示吧！

＊

在聖馬可廣場前的碼頭下大船，走到不遠處小碼頭換乘小船，提著行李上下幾級橋階差點摔跤——威尼斯橋給我的下馬威。換乘 vaporetto，一種更平民化的「公船」。一進大運河入口 Salute 大教堂在望，真個是氣象恢宏！威尼斯大運河給人的第一

Salute 大教堂，全名 Santa Maria della Salute，是大運河入口處幾百年不變的景觀。

景觀確是精彩，而且幾百年不變。有個朋友書房裡貼著這幅畫片，每天看熟了，第一次去威尼斯面對實景，幾乎流下淚來。

威尼斯到底當年是海洋霸主國，有貴氣。與中國江南水鄉的嬌小優雅完全是兩樣的。

三站就到了學院美術館（Galleria dell'Accademia）。下了船幾步路就走到我的旅館了。沒想到這家旅店小到連招牌都沒有，原來跟街對面那家大旅館是同一家，早餐都在那邊的餐廳吃。房間在三樓，當然是小，但十分整潔，推開窗戶可以俯視一方小天井。

安頓下來之後也

水道彎曲處，總是柳暗花明又一橋。

小廣場上的公用水龍頭。

不想休息，就出門信步閒逛。真是每走幾步
路就逢一河一橋，小巷走走就上了小河小橋。太小的巷子夜晚不敢亂
走，白天再來吧——有些小巷讓我想起江南水鄉西塘那樣的一線天，但
沒那麼破舊。

　　走走總有驚喜——以為沒路了，正想折回，卻見一座不起眼的小橋
不知通向哪裡去。真是柳暗花明又一橋。

　　一輛車也沒有。從汽車文明推到極致的美國來到一個完全沒有車的
地方，感覺上不僅是到了另一個空間，且是另一個時間。記得卡普麗島
（Capri）也是這樣，難怪覺得那兒像世外桃源。中國的鼓浪嶼也是無車
仙境。

　　河岸的石階都是為登船用的小碼頭，不像中國水鄉，主要用來進行
家常民生活動：淘米、洗菜、洗衣……。在威尼斯，這些事從前是在廣
場（campo）的公共水籠頭下進行的。

大運河的悠閒時刻。嘉年華會時兩岸可就人山人海了。

＊

　　深夜無人的小巷，傍著小河，一艘艘小船靜靜停泊著，水浪輕輕拍打，船們不受干擾似地像睡著了。也許那麼溫柔的波浪的手，其實是在輕輕哄拍工作了一天的船們睡覺？

　　波浪的手。水的手。水手。怎麼從來沒想過「水手」一詞可以這麼用的？

　　每走一陣就有一個廣場。想到夏天才去過的中國江南水鄉，浙江烏鎮那個有戲台的廣場……。這兒的戲不在露天野台上演，到了嘉年華盛會時可是傾城而出，到處是戲了。

　　經過很多家餐館，發現大館子的生意都不好，擺了許多桌椅在橋畔、廣場，可見是做觀光客生意的，小貓三兩隻，桌上的蠟燭光顯得寂寞。卻是小餐館擠滿了談笑喧譁的當地人。我不想一個人進去這樣的地方吃飯。獨行最怕晚餐時間，此地又沒有連鎖快餐店——幸好沒有，我

才相信自己是在一個還沒被美式快餐文明污染的地方。這樣想著，餓一頓也願意了。其實剛下飛機並不會感到餓。

忽然感到在一個全然陌生、沒有一個認識的人的城市裡的寂寞，以及無羈的輕鬆。

深巷兩側高高的石建築，看不出裡面可有人家？只有少數幾扇窗戶露出燈光，真住著人嗎？奇怪竟錯覺威尼斯也像周庄那樣，全變成了佈景，人們不是真的在過日子似的。（當然，今天的威尼斯，觀光客已經遠遠多過當地人了。）

有一幢房子窗帘縫中透出電視機的閃爍藍光——是的，是有人住在裡面過著現代的家常日子。我立即感到那間屋子可親。

若不算還沒見到面的老師，在這裡，全威尼斯，只有一個我曾有一面之緣的人：布洛斯基。我想找一天去墓島上拜訪他。

尋常住家，朝向後「巷」的窗口也不免要晾曬衣物。

*

走了一個多鐘頭，學院美術館附近這一帶算是走得差不多了。仲秋夜有涼風，還不算寒。稀奇的是風中竟沒有海腥味、魚腥味、水腥味⋯⋯只有從餐館偶爾飄遞過來一陣食物的香味。但還算好，誘惑力還不算大。從法蘭克福飛來威尼斯的機上又餓又睏，吞了一個平常是不會碰的冷豬肉三文治救急，加上機場五個鐘頭裡灌下的濃咖啡，出門二十四小時了還精神十足。奇怪飛來歐洲不覺累，飛往亞洲卻總是累得痛不欲飛，什麼道理呢？

回到旅館問櫃台的人哪兒有網咖，告以過橋（學院美術館大橋）便是。果然，過了橋，下一個廣場的邊上就有一家。給家人寫了報平安信，順便買一瓶礦泉水，慢慢走回旅館。

學院美術館大橋是木橋，走起來感覺比石橋溫柔。在橋上走走、停

學院美術館大橋，大運河上的第一座橋，也是唯一的一座木橋。

停，看燈火閃爍的船隻從夜晚的水上滑過，輕盈地穿過橋下……美得不太真實。「畫舫」的華麗就是像這樣嗎？

　　忽然想低低叫出聲來：啊，我真的身在威尼斯了！

＊

　　房間裡有旅館送的水果，我就以水果當宵夜了。夜晚的旅舍好安靜，希望能一直這麼靜。吞下兩顆 Melatonin，一邊寫日記，一邊等候睡意來席捲我而去。

　　窗下小院裡從未見人走動。從這兒看不見河，但知道水在流著──水，在我的前後左右，時時刻刻的流淌著……

第3章　第一天

在水之城艾斯瑪拉達，運河網和街道網四處伸展，彼此交錯。從一個地方到另一個地方，你總是可以在陸行和船運之間做選擇：在艾斯瑪拉達兩地之間最短的距離並非一直線，而是在彎繞的替選路徑間分岐的曲折路線……

（卡爾維諾，《看不見的城市》：〈貿易的城市〉之五）

＊

　　睡到半夜就醒了，看看鐘才午夜後不久，如何是好？旅館還有人活動，唉，這些義大利人真會秉燭夜遊。這次只好吞下半粒安眠藥Ambien，醒來已是早上七時許，不錯。旅行中睡好覺最重要，睡眠不足的狀態比什麼都殺風景。

　　大理石地面的走廊聲響奇大，不起床也不行。到對門的旅館「總部」吃早餐（歐洲旅館早餐多半是隨房附送的），不外麵包甜點冷肉和乳酪，最好的還是咖啡──恐怕全世界最難喝的咖啡就是美國的。

　　早餐廳裡遇見了老師、師母，還有幾位「同學」。有的

Museo Correr 建築外觀細緻的浮雕和廊柱。

人今天下午才會到。取到美術館的門票和水上巴士的一周通行票，可以任意參觀搭乘。

＊

今天還沒開始上課，趁機先行自由活動。先去觀光客的大本營，聖馬可廣場逛逛吧。鴿子與遊客一樣多，膽子比人還大。排隊看大教堂，進大門免費，然後每處收藏就要收一兩元，我不耐煩乾脆不看了，反正不是貼金箔就是馬賽克，說實在也看的多了。

買了一頂「貢多拉」水手的草帽遮陽，帽簷垂下兩條紅色飄帶，像快樂的尾巴。

廣場另一端就是 Museo Correr，美術館、博物館全在一起，我的「學生票」可以自由進去。在這裡，我對威尼斯的歷史最有興趣。想當年他們也是無敵艦隊，結果地中海的敵不過大西洋的，小格局不敵大格

拜占庭風格的聖馬可大教堂。

局。博物館裡的歷史文物，從船模型、武器，到日常生活趣味小物件……應有盡有。見到高跟木屐，直覺就是那部以十六世紀的威尼斯為背景的電影《Dangerous Beauty》裡，那些美艷的courtessans（周旋於皇族公卿間的高級神女）穿的。

名畫當然少不了，但文藝復興派的畫在翡冷翠和那附近已經看得太多了。至於雕像，自從見到大衛的真身驚艷之後，其他的簡直是曾經滄海難為水，取次花叢懶迴顧。注意到有兩三座老男與少男的雙人雕像，神態極其曖昧，令人不得不想入非非——可見《威尼斯之死》（*Death in Venice*）的故事其來有自。

出來時正好是中午，教堂鐘聲大鳴。我走到號稱

歐洲咖啡史上的第一家咖啡店 Caffe Florian，拜倫、狄更斯和普魯斯特以及其他許多赫赫大名都在這兒坐過。在店家和廣場之間的長廊上挑了張小桌坐下，點了拿鐵和可頌，午餐就搞定了，買單時發現這處「非到此一遊不可」的地方還不算太敲竹槓。

*

廣場四周的禮品店賣的當然是最有代表性的商品：尤以玻璃、蕾絲花邊、嘉年華面具為最。面具有趣，威

面具店裡總有又精美、又給人詭異之感的威尼斯嘉年華面具。

尼斯的面具尤其多樣，而且特別地美。但面具太近似人臉，常給我妖異之感，尤其昨晚在荒涼寂靜的小街、打烊的店鋪櫥窗裡的面具，感覺簡直是怪異。還有一個面具特別標明是庫伯力克的電影《Eyes Wide Shut》裡那個——才不要買來放在家裡呢。

另一個具有威尼斯特色的面具是長嘴鳥啄，這是中世紀大瘟疫時醫生戴的防毒面罩，長啄裡塞著草藥。從中世紀到近代的《威尼斯之死》，瘟疫一直是這水都的大患，連嘉年華的靡麗，也籠罩著疫癘與死亡的頹艷。

廣場上排著許多結實的長條摺疊「桌」，坐滿了歇腳、吃午餐乾糧的遊客。其實這些並非桌子，而是廣場淹水時的走道——也勉強算得上是一種橋吧。威尼斯不斷受著漲潮時海水的入侵，一年要發好幾次大水，動輒水深及膝，人們就得走在這些「桌橋」上了。

老師早在行前就告訴過我們：這次旅行日子是挑好的，避開了滿月

像綴著蕾絲花邊的執政官宮殿。

漲潮日，淹水的可能性極微。……所以，想在威尼斯賞月，可能不是個好主意。

*

「我走過的橋比你走過的路還多！」每一個威尼斯人都可以對外人這麼說。「你走你的陽關道，我走我的獨木橋。」威尼斯的陽關道多是水道。中午時分大運河上熱鬧極了，真是城裡的通衢大道。

執政官宮殿（Palazzo Ducale）真美，像綴著蕾絲花邊，在壯麗得懾人的聖馬可大教堂旁邊並不會被比下去。繞過它走上佩格麗雅橋（Ponte della Paglia），就可以眺望嘆息橋（Ponte dei Sospiri）了──就是那座從執政官宮殿通向後面監獄的著名的橋。既是押解囚犯的，這座橋造的便與別的橋完全不同：它的位置高踞二樓，而且是密閉的，像個拱形的小房子，表面雕琢精美，卻不免給人幽閉神祕之感。

通往監獄的「嘆息橋」，少見地架在二樓高處、密閉式的「橋屋」。

隨意走進一家小店，買了一棟典型的威尼斯小樓房，兩、三吋高吧，再加一橋一舟，就把這座城的精髓帶回家了。我到世界各處都是這樣：見到富有當地特色的微型建築模型，就買下帶回家，既輕便不佔地方，也饒有紀念意趣。

＊

　　回旅館房間吃水果、打個盹休息片刻繼續出門逛。星期六下午人更多，似乎遊客和當地人全都傾巢而出了。

　　我在找一家巧克力店，是不久前在《舊金山紀事報》的旅遊版上看到的介紹，圖片中有好可愛的用巧克力做成的小鞋小靴。走沒多久就找到那處地址，卻在櫥窗上貼著告示說搬家了，只好再按新地址找去，沒想到不一會又走到了聖馬可廣場。這才感到威尼斯實在很小。終於在廣場旁的小巷子裡找著了，原來可愛的小鞋只作裝飾用，並不是巧克力做

成的，失望之餘又不甘心空手而返，只好又買巧克力又買鞋。

再回頭往另一大市集——麗雅托大橋的方向走。中途還是買了個面具，只有大半張臉的，非常美麗的鵝蛋臉型，白皙的膚色上用淡淡的金粉描著細緻的花紋，眉目濃艷鼻梁纖巧，一點也不給人怪異的感覺。今年萬聖節我可以不必為扮成什麼而傷腦筋了：戴上面具、頭頂假髮，穿件長裙，就是一名威尼斯嘉年華會的狂歡者啦。

愈近麗雅托橋，店鋪和人潮愈多。多看兩家面具店才發現剛才買貴了，這也沒什麼，作遊客總要當一回「傻客」（sucker）吧，當地人也得賺錢啊。

隨著人潮不知不覺就走上了麗雅托橋——橋太大，走上去了才發覺已經上橋了。橋上當中走人、兩邊是商店，熱鬧無比；在翡冷翠也逛過亞諾河上的「舊橋」，上有廊房商鋪，記得買了不少東西……。這樣的商市橋，最早的會不會是《清明上河圖》裡的那座「汴梁虹橋」呢？那也

麗雅托大橋在正午時分。

是一座碼頭附近、上有兩排店鋪、中間走人的大商市橋。算算時間,比麗雅托早建了起碼五百年。木橋不長久,那樣美麗的汴梁虹橋,幸好有《清明上河圖》為她留影。

整座麗雅托橋就是個大商場,人們摩肩接踵,我很快就吃不消這份擁擠了;好在店鋪外緣沿橋欄還有一條走道,雖然也滿是人,至少空氣好多了。

想起上海附近朱家角的放生橋也大,但還是極秀氣。麗雅托則是壯觀。

*

在小巷亂走最有趣,反正不怕迷路,鑽來轉去總會踅上一個大地標。時有驚喜,譬如見到兩座「半橋」,是巷子轉彎了,兩座橋每座只得

半個圓弧。

　　走累了就乘船，反正船票無限制，隨意上下，方便極了。船坐多了總感到腳下浮浮蕩蕩的，因為不但船是顛簸的，連等船上船的「碼頭」也是浮在水上的，顛簸得更厲害。不習慣的人，若是平常容易暈車船

浮在水上的水上巴士碼頭。

的，恐怕會有點麻煩。

　　忽然想起這次沒帶泳衣──我是號稱旅行必帶泳衣、連去沙漠也不例外的。卻是到了「水都」破例不帶泳衣，不是很奇怪嗎？噯，到處是水就不需要游泳了。

＊

　　下午五點半，在對街旅館前庭的咖啡座集合，全班第一次在威尼斯見面，發課程表、節目單。同學共十七名，加上老師和師母，十九人的團不算大。為慶祝「好的開始」，威尼斯香檳 Prosecco 自不可少。哇，好喝極了！

　　一到黃昏就愈來愈冷。聽說以往威尼斯九月底還不會這麼冷，衣服帶的不夠暖，明天得買件厚夾克了。

　　晚餐是跟三位來自我家附近鄰鎮的「同學」一道吃，在距旅館不遠

的一家海味店。三位都算得上祖母級人物了，卻個個生猛活潑。其中 R 早年曾留學義大利，可說義語，對點菜幫助甚大。開胃菜是螃蟹，蟹肉與蟹膏盛在蟹殼裡端上來，賣相和味道都不錯。主菜是不知其名的魚，

10-4-02

Rialto

烤得嫌乾了點。喝了半升白酒，恰到好處。

　　餐後與她們揮別，獨自過橋去網咖，買礦泉水，讀信寫信……回到房間好奇打開電視看看，幾乎有一半是美國節目（或者模倣美國節目），可是全配上義大利發音──難怪此地人英文不大行。

＊

　　威尼斯特有的名詞：

　　Ca'：即casa，房子。

　　Calle：也是路，通常指房子之間的路，不臨水的。小的calle叫caletta。

　　Via：街。

　　Campo：在威尼斯，凡是露天廣場都叫campo、campi，更小些的叫campielli，只有聖馬可大教堂前的那個大廣場叫piazza。

Corte：院子。

Fondamenta：沿著運河的路。

Rio：運河。

Rio Terra：曾經是運河，現已填成地（路）了。

Riva：寬的fondamenta，通常面對lagoon（海沼）。

Ruga：有店家的路。

Salizzada：大街。

Sotoportico/Sotoportego：有遮簷（上有建築）的路。

Gondola：「貢多拉」，威尼斯最有名的小船。觀光客的最愛，貴得嚇人。

Motoscafi：窄的快艇，一般是在外面的水域行駛，運河裡無用武之地。

Traghetto：大運河上大眾化的貢多拉，乘客全站著，當然也沒人唱

歌。

　　Vaporetti：水上巴士，蒸汽發動，最大最寬的公共交通工具。

　　Water taxi：顧名可思義，水上「的士」，比水上巴士快而貴。

　　Sestiere：區（district）。威尼斯有六個區：Cannaregio、Castello、Dorsoduro、 Santa Croce、 San Marco、 San Polo。據說貢多拉船首做的像執政官的帽子，六道凸痕便代表六區。

　　對這幾個字大略有些概念，會有助於看地圖找地方。

第4章　第一課

馬可孛羅描述一座橋，一塊一塊石頭地描述。「到底哪一塊才是支撐橋梁的石頭呢？」忽必烈大汗問道。「橋不是由哪一塊石頭支撐的，」馬可孛羅回答：「而是由石頭構成的橋拱線條支撐的。」忽必烈大汗靜默不語，沉思。然後他說：「為什麼你跟我說這些石頭呢？我只關心橋拱。」馬可孛羅回答：「沒有石頭，就沒有橋拱了。」

（卡爾維諾，《看不見的城市》：第五章末）

＊

　　硬生生要把時差換過來，只有用這方法：睡前服二粒 Melatonin，半夜醒來（這次是一點半）急吞一顆 Ambien，直到八時才被鬧鐘吵醒。

　　下午才上課，早餐後還是出去逛。找到百貨店 COIN，離麗雅托橋很近，很容易就買到一件合身的黑色羽絨夾克──義大利女子的身裁到底比美國人嬌小些。

奇怪的是這件 Made in Italy 竟然比另一件類似的 Made in China 的便宜。

　　我的天，麗雅托這一帶今天人更多了，橋上幾乎水洩不

巴洛克式的窗戶，眺望著幽靜的小河道。

通，好像全世界的人都跑來威尼斯了。這些義大利人難道星期天不上教堂嗎？

在大橋下一家披薩店買了一片素披薩，靠在河邊的折疊「桌橋」上吃。哇，從沒吃過這麼好吃的茄子＋蕃茄＋蘑菇的素披薩。

身旁有個小男孩驚喜的聲音：「La luna！La luna！」抬頭一看，正午的藍天上，真的掛著小半個淡淡白白的月亮。男孩看起來年紀比晴兒小些，這裡的人給小孩穿的也很講究。我想到跟晴兒看電視卡通「兔寶寶」，有一幕是壞貓咪在威尼斯，掉進運河裡被鯊魚猛追……晴兒聽說我要到威尼斯，就笑嘻嘻地說：「小心運河裡有鯊魚哦！」想到他說這話的頑皮模樣，我忍不住自己笑了起來。

今天可以從一個最合適的角度眺望麗雅托大橋，好好欣賞她古典的華麗。這麼雍容大氣，偏又極富實用功能。威尼斯人真是最會將 beauty 與 business 融合無間的一種人。

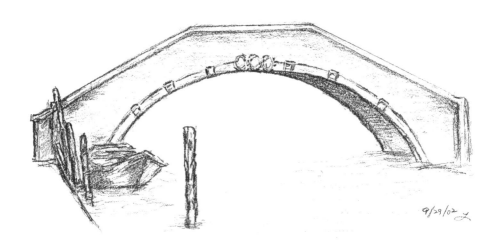

9/29/02 L

*

　　下午第一堂課，在距旅館——也就是學院美術館不遠的 Fondamenta di Borgo 集合。Fondamenta 是「沿著運河的路」，沒錯，乖乖一小段路竟有四座橋！這一帶很安靜，幾乎沒見什麼行人，房子很可愛，有哥德式的窗戶。

　　老師開始講課並作示範：取景、視角、透視法、消逝點……我已修過他課堂上的課，所以就不聽了，抓緊時間希望能多畫兩座橋。

　　雖然迫不及待想動手，剛下手還是生疏，第一幅就不自量力畫遠

景，輪廓勾出來了覺得不大對；這時老師及時走過來，略一點撥，就領悟問題在哪裡了。結果一下午共畫了五幅：一幅遠景，三幅橋，一幅人家的窗戶。

每樣事物，無論怎麼看、再怎麼仔細看，都還是不夠的，得要一筆一筆地畫了，才能真的「看」到它，才進到心裡去。

下課前老師對每個人的作品逐一講評。十七個學生的水平居然都還不錯，並非一團烏合之眾。有兩位筆風老辣，另一位學建築的，都頗高明。

畫了三座威尼斯的小橋，才覺得全比不上中國江南小橋的秀麗。可惜夏天去烏鎮、西塘那幾處地方時，沒能像這樣好好靜下來寫生——唉，那時攝氏四十度的高溫，能看得清橋已

經不錯了。這幾天會是難得的奢侈：不必趕時間，可以從容不迫地看、沒有牽掛顧忌地畫。

　　我給老師看在烏鎮匆匆作的速寫，他很驚訝中國有這樣的地方。我開玩笑說，下一年去中國上課好啦。

＊

　　下課後三三兩兩地慢慢往回走，故意多繞些路，看看學院美術館的周邊，欣賞民居建築小小的趣味……到了學院美術館大木橋旁的露天咖啡座就不想再走了，跟老師、師母和同學 R 坐下來喝 Prosecco。抬頭望見路燈柱的弧形很美，順手畫在圖紙的一角上，老師看了說很好，建議印成個人信箋……忽然覺得好快樂啊，像在過神仙的日子似的。

　　聽老師說：從前威尼斯的執政官（Ducale）制度很有意思：必須五十歲以上，終生職，死後議會要檢查他的行為和帳戶，若發現有不軌之

情事，則家人會受罰……座中即有七嘴八舌
說：咱們美國政府若有此制度就太好了。

　　晚餐還是與昨晚那三位「同鄉」共進，今
晚挑的館子也不遠：「貢多拉水手」是最可信的旅遊書上推荐的，昨晚
客滿沒吃成，老太們今天早早訂了座。我點了鴨子和蘑菇飯，飯大概是
用高湯煮的，味道很好，價錢也不算貴（威尼斯物價昂貴是出了名的）。

　　照例過大橋去網咖，今晚好熱鬧：酒吧那邊是一大群看電視球賽的
年輕人，嘻嘻哈哈大呼小叫；電腦這邊則清一色的中年遊客，鴉雀無聲
的上網查電郵。涇渭分明，十分有趣。

　　回旅館前在橋上駐足，大運河終於安靜下來了，只有 Salute 大教堂
的穹頂亮著。這個城市美得如此不真實，就像此刻，我置身其間依然覺
得恍兮惚兮，但我還是站在這裡了，可以這樣親近地畫她，這是怎樣一
種緣分呢！

＊

以威尼斯為背景的電影，想得起來的有：《Death in Venice》，
《The Wings of the Dove》，《Dangerous Beauty》，《Don't Look Now》，
《Bread and Tulip》……哦，還有 Indiana Jones。

第 5 章　第二課

他鄉是一面負向的鏡子。旅人認出那微小的部分是屬於他的,卻發現那龐大的部分是他未曾擁有,也永遠不會擁有的。

(卡爾維諾,《看不見的城市》:第二章首)

Salute 大教堂近景。

*

半夜醒來以為又是一兩點，看鐘竟已五六點了，不敢再吃藥，迷糊中又淺睡過去，直到教堂鐘聲數度大鳴，一看快九點了才嚇一跳匆匆起床。

又是個好天氣。早餐後沿著島南端的大道，朝東往 Salute 大教堂的方向走，最後一段攔住不通，只好折回另覓路走。反正在威尼斯走路就是這樣：

亂鑽亂走總會到達目的地——走不到也不是問題，說不定另有精采發現，更大的驚喜。

「你要是不迷路，就枉來威尼斯了。」這是老師的名言。

頭一回近距離瞻仰了 Salute 大教堂（其實全名是 Santa Maria della Salute），這座雄踞大運河入口的巴洛克式大教堂，建於一六三○年那場大瘟疫之後，salute 就有健康、救贖之意。這座威尼斯最著名的地標之一，三百多年來出現在不計其數的油畫和風景明信片上，果然壯觀，不愧是威尼斯的「迎客松」。

＊

從大運河上和學院美術館大橋上，都看得見離 Salute 大教堂不遠有一幢白色平房，陽台朝向大運河延伸出來，那便是佩姬・古根漢美術館（Peggy Guggenheim Collection）了。從 Salute 出來，隨意亂走一陣，居

然就摸到美術館的大門。本來只打算隨意看看，沒想到這一看就看了一整個上午！

這位佩姬女士正是古根漢家族的女兒，本人也是個收藏家、畫商和「伯樂」——她慧眼識英雄，好幾位名家成名前是她提拔贊助的，像傑克遜・波洛克（Jackson Pollock）就是其中佼佼者。

我只聞知這間小小的現代美術館還值得一看，進去之後才發現：館中收藏的兩百多件畫作和雕塑，幾乎全是我熟悉和喜歡的現代名家的作品。在威尼斯鋪天蓋地的中世紀宗教和文藝復興藝術作品之中，這一處小小的收藏點就像這幢白色建築一樣，與周遭有些格格不入，然而自有其特色與不容被忽視的重要性。

奇女子死後（一九七九年），就葬在雕塑花園盡頭角落。合葬一處的是她的十四隻愛犬，她在墓碑上稱之為「My Beloved Babies」，初看時嚇一跳，以為全是她的小孩。倒是她的親生女兒——也是個畫家，風格

如小女孩的童畫，四十多歲自殺身亡，卻沒有葬在近旁。

面向大運河的陽台雖不大但景觀絕佳，最宜眺望運河上來往船隻。陽台上的大型雕塑從運河上也老遠便看得見。這樣一處地方，也難怪佩姬要永眠於斯了。

我很喜歡在美術館附設的餐廳吃飯，總覺得比較親切，即使踫上又貴又難吃的，也就當作資助美術館的捐獻，而不會介意了。所以午餐便決定在這裡的 café 吃。招呼我的侍者十分眼熟，想起來是昨晚在「貢多拉水手」的同

從佩姬・古根漢美術館的陽台眺望到的大運河。

一人，問他怎麼也在這裡做，他說這兒跟「貢多拉水手」是同一家，難怪菜單相似，而且也這麼好吃。

在禮品店買了一條絲巾作紀念，絲巾上的花樣是美術館鐵門上的圖案設計。

*

獨行的樂趣，不僅是自由自在，而且可以不被旁邊的人分心，有充足的時間與心靈空間，專注於自己的興趣所在。

我喜歡獨自吃午餐，只有晚餐是個問題——但我寧可不吃或隨便吃個快餐，也不想跟一個合不來的同伴進餐。

昨晚吃飯時同伴們問我：「乘過『貢多拉』了嗎？」

我說：「沒有——我願與他共乘的那人沒來。」

「多麼羅曼蒂克喲！」她們笑嘆道。

其實她們有所不知：我根本就不想要乘那貢多拉。這個號稱威尼斯最羅曼蒂克的交通工具，貴得離譜不說，那些依偎在船上、聽著船伕唱著荒腔走板的〈聖塔露西亞〉的遊客們，在擁擠的運河中、眾目睽睽之下，不僅毫無羅曼蒂克可言，簡直令人發窘。

＊

今天下午的寫生地點，是黃金宮（Da D'Oro）和麗雅托橋之間的小廣場Campo Santa Maria Nova。很可愛的小廣場，多為當地人在活動，還有很多小朋友在玩耍。義大利人是出了名的愛小孩，男人牽著抱著孩子是常事，也從未見人叱罵小孩。

我先畫了一幅鋼筆畫，又畫一幅狹長的運河與兩側建築物的畫。第二幅用了色筆，老師似乎有些不以為然，他認為黑白效果會比較好，我卻忍不住想試著用顏色。

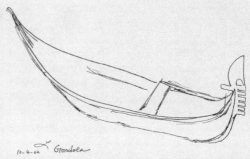

10-4-02　Gondola

這幅狹長的畫，取景比較有挑戰性，我勾了輪廓之後感到線條角度和比例不太對，正好老師又在給大家複習透視法，我乖乖地聽他話用「視窗」（view window，開著方洞的紙片，可不是電腦的微軟視窗）取景、用小竹籤測量比例，果然就對了。

　　從前看舊時畫威尼斯的大油畫，驚訝於當時還沒有照相機，畫家取景怎麼能夠那麼宏觀又精準？現在想來也不外是用了 view window 這一類工具，加上準確的透視法訓練吧。

　　記得看阿姆斯特丹的梵谷美術館，最感動我的還不僅是梵谷的畫，而是展覽室裡他的「工具」──像研究透視法用的木框、研究顏色效果用的雜色線團等等。其實梵谷並不是許多人想像中瘋瘋癲癲的「天才」，而是個勤奮用功的藝術家，不斷作「實驗」，不斷學習、模倣、苦練、閱讀理論書籍……。因而想到連梵谷那樣偉大的畫家，都規規矩矩地用著該用的工具，我還有什麼藉口偷懶呢？

上課了——老師席地作寫生示範。

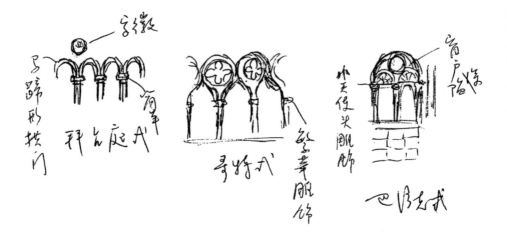

　　不過這是西方藝術結合了科學的一路，而中國（以及日本）的傳統畫是寫意的，就算用了界尺，也不講究這份精準。小時學過幾年中國山水畫，只會照著國畫老師的畫臨摹；老師非常認真，我卻常常不知好歹地在心裡暗笑：天底下哪有這樣的山石樹木？直到許多年後走了許多路，親眼見到中國的好山好水，才明白那些景物原來一直存在老師心中，他畫出的是被時空洗滌、梳理、搓揉過的記憶；我一旦面對原景就認得了，就懂得了。然而那時老師已過世好些年，我再也沒有機會請他原諒我少年時的無知，告訴他我終於慢慢明白什麼是景，什麼是意，什麼是境。

西邊

家樓特色

反券後代試

毛成反影，毛色哪怯印刷到
一怪一怪不同风扮以建築
那以说，仗都美。

此刻我像從頭作小學生，學著用西方的方式取景；我知道：只有作
一個謙虛的學生，在掌握了基本功夫之後，才能獲得自由，去追求意境
那個層次。

＊

愈來愈冷，走回旅館的路上，在麗雅托橋附近的一家小商店買了一
件黑色長袖絨線衫，既輕軟又暖和；白天寫生時可以紮在腰上，到了黃
昏時冷下來了就穿上，非常方便。同學Ｒ一路同行，也冷得買了件短外
套。義大利的平常衣物，並沒有原先以為的那麼貴。

晚餐就我和 R 兩人一道吃了，沒再約其他人。她是個中年猶太女人，年輕時曾在翡冷翠旁的 Sienna 學過音樂，所以義大利話說得不錯──起碼點菜

第一幅用視窗取景完成的畫。

9-30-02

不成問題。我建議去「網咖」所在的那個廣場隨便找家館子，因為那裡每晚都很熱鬧，幾家餐館露天座上總是坐滿了人，應該不會太差。

　　我們挑了個離暖氣爐近些的露天座——雖怕冷還是堅持要享受室外情調，坐在室內難免鄰桌有人吞雲吐霧。我點了海鮮飯和時令蔬菜，兩人分一小瓶白酒，簡單而愉快。餐後她先回旅館，我循例去網咖報到。

　　回到房間，把今天畫的畫再靠牆豎起來細看，作些修飾，然後向鄰房的同學借髮膠噴霧固定。我旅行從不帶髮膠噴霧，這次也不例外，卻忘了炭筆和粉蠟筆畫一定需要它，免得炭末、粉末磨損脫落。

　　明天有一整天的課，似乎該早些睡，可是捨不得。獨處的時光是如此珍貴難得，又翻開《水痕》，像讀詩。

第6章 第三課

榮耀之城克萊麗斯,有一段受盡折磨的歷史。它衰落了好幾次,又再度繁盛,但總以最初的克萊麗斯,做為無可比擬的光輝壯麗的模範。

(卡爾維諾,《看不見的城市》:〈城市與名字〉之四)

色彩鮮艷的布蘭諾島。

*

今天是全日到離島上課。早上先乘小船到威尼斯最北端的一個碼頭，從那裡換乘「海」船去托賽洛島（Torcello）——這個島的位置比墓島和以吹製玻璃聞名的木蘭諾島（Murano）還北，如果不是老師挑選的寫生地點，恐怕自己是不會特別去一趟的吧？何況還沒有直達的海船，得在一個叫布蘭諾（Burano）的小島換船。

布蘭諾半小時的停留是一個美麗的驚喜——這是一個充滿亮麗色彩的小島，只有一條運河，家家戶戶的房子全揀著最鮮艷明快的顏色上

漆，加上屋頂、窗櫺、簾幕等等又是其他的五顏六色，簡直令人目不暇給，連陽光在這個島上也顯得更燦麗了。

布蘭諾的特產是蕾絲織品，我買了個設計巧妙的蕾絲茶點托給母親——三層大小不一的絲墊，用幾條絹帶一繫就立体了起來，可以疊出許多個小空格。母親一定喜歡，又這麼輕便好帶。

＊

到得托賽洛島上已經快近中午了。全班約好在「魔鬼橋」（Ponte di Diablo）餐館聚餐，昨天老師宣佈時我以為只是隨便吃吃，沒想到是場盛宴，而且是「公家」請客。（我們繳的旅費／學費結算有剩餘時，就用來聚餐、聽音樂會，是為「公家請客」，其實是蜻蜓吃尾巴。）鄉村風味的餐館，席設後院

布蘭諾島上的建築五顏六色，襯在藍天下美麗極了。

托賽洛島上千年老教堂旁保存展示的古蹟殘片。

大樹濃蔭之下，看著就舒服。

這是大夥第一次全體一同坐下來吃東西，氣氛當然比上課時活潑多了，尤其是一兩杯威尼斯香檳之後。開胃菜是蚌蛤和青口，新鮮自是不在話下。然後上海鮮飯。主菜是鰈魚（sole），雖是煎的但不失嫩滑，我這才相信威尼斯人也懂得吃魚。甜點是提拉米蘇，配卡普奇諾咖啡。當然，從頭到尾的威尼斯香檳和白葡萄酒是少不了的。一頓中飯吃下來，我的天哪已經下午三點了——我們也變成義大利人了！

一頓好酒好飯似乎有一種神奇的力量，餐後在慢慢走向寫生地點的路上，笑談之聲不絕，同學中有些人原先比較害羞的，或者冷漠的、高

傲的、不合群的……此刻全像換了個人，個個變得和氣親切了。這簡直就是丹麥女作家艾沙克·丹妮蓀（Isak Dinesen）著名的中篇小說〈芭貝的盛宴〉（Babette's Feast）嘛：在饗用一餐美食之後，人不僅可以改變他的身體狀態和情緒，甚至連修養和對人生的哲學理念都可能有所改進。如此看來確有道理，我對丹妮蓀更服氣了。

席間老師徵詢大家的意見：明年到哪裡？一時之間七嘴八舌，但總不離歐陸。我想到拜占庭，便提議伊斯坦堡。老師面有難色，說那裡第一他不熟，第二要考量安全問題。我想也對，到底是個置身中東與巴爾幹這兩大火藥庫之間的地方哪。可是正因為歷史上她一直處於這樣一個獨特的地理位置，才會成就她多文化的深邃富麗，令我長久以來心嚮往之。

於是我提出另一個也是長久以來心嚮往之的城市：布拉格。老師眼睛一亮，微笑頷首。啊，明年……

深色背景與粉蠟筆的習作：Santa Fosca 大教堂。

*

　　實在不習慣如此豐盛的午餐，感到昏昏欲睡，心裡發急：等會怎麼畫畫？還好，一下筆精神就來了。

　　托賽洛島在威尼斯周遭諸島中歷史最古，早在五、六世紀間就建城了，一度非常繁榮，人口多達兩萬。可是隨著威尼斯的興起，這座北方離島就凋零了。而今人口只剩六十左右——恐怕一半都在「魔鬼橋」做事呢。難怪一上了托賽洛島，就給人一種斜陽古道、荒煙蔓草之感。

　　然而這座島上唯一留下來的建築還是吸引了許多遊客。Santa Fosca 是一座拜占

10/1/02

庭式大教堂，始建於整整一千年前，完好地見證著過去的榮光。更難得的是教堂裡有些部分的建材取自七世紀的舊址。

面對著教堂的空地上有一張最著名的大理石椅：「阿提拉的寶座」，據說是五世紀時，「上帝之鞭」匈奴王阿提拉攻佔此地時坐過的。而今每個到此一遊的人都免不了到此一坐。

*

今天的課題是深色背景上的光影效應：在顏色略深的畫紙上，用炭筆勾勒、再用白色粉蠟筆 highlight，突出光線和陰影強烈的明暗對比的效果。

我沒有在色紙上用粉蠟筆的正規訓練，但一下筆畫了就很喜歡這種幾乎是「反白」的效果。景與畫、眼與手，這樣單純而親密的連結，沉浸在其中是一種不自覺的、平靜的狂喜狀態，也是一種 high 吧。如果一

個人可以享受這樣的狀態，他的大腦一定已經自動分泌了足夠的內啡肽，就完全不需要借助嗑藥之類的化學作用來達成了。

畫著畫著，忘記了時間，只感覺教堂頂上的光影漸漸變了……我一面修飾畫上的明亮與陰影，一面漫漫想到中文裡時間與「光」的關連：「時光」、「春光」、「光陰」……，「光」代表時間，或者更準確一點地說：代表時間的流逝。對，「流」逝，水也代表時間的變動。光與水，都是無所不在卻又無可捕捉的東西，還有比它們更適合用來比喻時間的嗎？

忽然聽到老師的聲音，催促大家快些完成、拿到「阿提拉的寶座」前去講評。我簡直有點想責怪老師了：一頓中飯吃那麼久，寫生時間太短了！不過自己不也一樣吃得興高采烈，能怪誰呢？只好晚上回房間再細作增改吧。

*

　　回程的船上看著夕陽，感到疲倦又滿足。到了威尼斯北碼頭，我決定步行一段路，在麗雅托橋那兒乘直達船回旅館，可以省下不少轉船的時間。金髮高瘦的同學素同意我的路線，於是同我一道走。路上經過一家小小的電影院，她對義大利電影也有興趣，兩人把門口放的一疊廣告研究了半天，卻連今天演不演、演什麼都搞不清，只好算了。

　　經過一家熟食檔，我進去買了一個口袋麵包做的三文治，準備帶回房間當晚餐。中午的「芭貝盛宴」尚未消化完，若不是怕半夜餓醒影響睡眠，我是可以連這只三文治都免了。但是素說她可要找個café好好坐下來吃頓晚飯，真服了她──還能保持這麼瘦！

回到房間吃完三文治歇息了一會，正準備散步去網咖，住二樓的兩位老太太邀我去她們房間喝酒，說是路上買了一瓶不錯的紅葡萄酒。中午還沒喝夠？想來是只喝了白的，不喝瓶紅的不能算數。這兩位洋老太勁頭真大，也夠可愛的了。盛情難卻，正好房裡還有些乾乳酪，帶過去給她們下酒。

＊

　　每晚從旅館出來，走過學院美術館大橋，走過一條幽靜的小巷、一間小教堂，然後來到廣場、鑽進網咖，買一瓶礦泉水，坐下來上網，與威尼斯以

木造的學院美術館大橋顯得特別溫柔可親。

外的那個世界作上頂多半小時的聯繫，付了費出來，循原路回旅館……已經成為晚間睡前的固定節目了。

　　途中的小教堂每晚都有音樂會，第一晚走過時就聽到維瓦第的《四季》，音樂像水一樣流淌出來，我忍不住駐足聆聽，才發現與我一樣站在教堂前捨不得走的大有人在。後來我打聽到這間 Vital Church 的音樂節目卻已買不到票了，好在明晚老師安排好全班到 Ca' Rezzonico 聽一場音樂會。

　　回程的路走得慢，因為不像去時心急，想著快些讀到電子郵箱裡的家信；尤其回來時夜深了，學院美術館大橋上人少了，我總喜歡駐足在橋中央，眺望大運河遠遠近近的夜景：Salute 大教堂永遠是發光體，再近一些，佩姬‧古根漢美術館陽台上的大雕塑還看得清，偶或還有一艘滿載人聲笑語的船駛過橋下……這樣的景象美得不真實，可又是實實在在的展現在我眼前，真實如夢。

在橋上痴站，便想到卞之琳的詩〈斷章〉：

　　　你站在橋上看風景，

　　　看風景人在樓上看你。

　　　明月裝飾了你的窗子，

　　　你裝飾了別人的夢。

　　在這個全然陌生的城市裡，有幾百座可以讓我在上面看風景的橋；
但沒有任何一幢樓上，往著認識我的人。

*

　　到了旅館門口意猶未盡，過門不入繼續往南走到「魚腹」的南碼
頭，對岸「防波堤」島燈火隱隱閃爍，而此岸碼頭邊上café的燭光熒

我住的小旅館，就在這條鄰近學院美術館的小街上。

熒，像許多光點在隔水彼此對話。

我深信一個地方得要這樣走、這樣看、這樣留，才能知道她、讀懂她……然而她與我無親。雖然她這麼美，但不是我的——只因為這裡沒有與我親的人。但這裡對我還是個非常特別的城市，因為我們有過非常親近的時光，而且，她的魅力實在是難以抵擋的。

第7章　第四課

如果我向你描述奧莉維亞，一座產品充裕、利潤豐厚的城市，要說明它的繁榮，我只能夠提到金銀絲精細鑲嵌的宮殿，直櫺的窗戶旁，座椅上擺著縫邊的靠墊……。

（卡爾維諾，《看不見的城市》：〈城市與符號〉之五）

*

每天早餐沒多少變化，甜餅蛋糕全都乾得像陳年舊貨，難以入口，義大利人做出這樣的甜點真該開除。只有勉強吃兩口切得薄如紙張的火腿和乳酪，算是提供給自己一個上午的燃料。

房間說是三樓，可是歐洲的三樓等於美國的四樓，因為大堂叫○樓。每天基本上不乘電梯，上下幾趟就是最好的運動，再加上走路，不游泳也可以了。

上午決定去參觀鄰近的學院美術館。來了這幾天，每天都是匆匆過門而不入，因為想著就在近旁，總會有機會進去的……。

一爿陳舊的小藥房，晾曬的布巾卻多麼潔白。

可是人生裡許多錯過而造成遺憾的事物，往往便由於這種想法導致的。
所以我決定不再拖延了。

*

學院美術館是威尼斯最好的美術館之一，收藏非常全面，涵蓋了五
百年裡「威尼斯學院派」各個時期的畫作：從中世紀拜占庭、文藝復
興、到巴洛克和洛可可俱全，鎮館之寶有好幾幅，都很「懾人」──但
對於我並不覺得「感人」。

看多了歐洲中世紀的宗教畫，我一直有個「小人之心」，覺得中世
紀（甚至到文藝復興初葉）許多藝術家們，內心有一份深沉黑暗的壓抑
的欲望──或者說「興趣」吧──就是假借宗教美學的形式，來描述「性」
和「暴力」。其實這是很人性的，哪個藝術家（包括任何一種形式的藝術）
敢說他完全沒有這份欲望？ 在那個時代，這份連自己都不能容忍面對的

欲望，要如何宣洩呢？

　　於是一幅又一幅的「處女」、「聖母」、「聖女」，畫的全是聖母抱著娃娃，聖母解開胸衣哺乳……許多畫中的「聖母」有種曖昧的神情，提醒我畫家當時的模特兒很可能只是一名村姑。其實若真是畫村姑與她的嬰兒的天倫之樂，反倒不會給我那份想入非非的曖昧之感了。

　　這些人對「處女」簡直有obsession的執迷，「處女」成了聖母瑪麗亞的別稱，而細想這種對處女（泛稱）的刻意執著強調，不是最原始、最肆無忌憚的男權宰制嗎？上帝（當然是男性）挑選了一個純潔無辜的處女，借她的腹讓她為祂生了個兒子。那些畫中的她，形象總是金碧輝煌貴如皇后，抱著她的「天子」，接受眾人的膜拜。這些圖像既不能感動我更不能說服我。卻是她抱著從十字架上解下來、遍體鱗傷垂死的兒子的悲慟形象，才讓我覺得她是個母親、是一個有血有肉有感情的女人，以她的強烈又壓抑的悲哀超越時空感化了眾人；而那是與「處女」、「皇

后」的形象完全無關的──不管怎麼說，別忘了她後來還是嫁了那個善良厚道（而且一定深愛她）的木匠，另生了兩個兒子⋯⋯這後話很少人提起了，簡直是個忌諱。但對她和她的「家人」公平嗎？

至於「暴力」──看那些血腥的畫面吧，歐洲宗教畫永遠有取之不盡的酷刑流血題材，從耶穌受難到聖徒就義，用現代標準絕對是兒童不宜的。更要命的是女聖徒──義大利好像特別流行女聖徒，總

繁忙的大運河。

是一些拒絕嫁人的貴族女子，不屈不撓，最後受盡酷刑折磨而死（有一位甚至在被逼出嫁前夕奇蹟發生，臉上長出鬍子，未婚夫嚇得不敢娶她，可惜她的父親還是把她釘上十字架）……可以想像有多少「性」與「暴力」的題材潛藏在這些故事中！難怪愛爾蘭裔作家法蘭克‧麥考特（Frank McCourt）在他的自傳《安琪拉的灰燼》（Angela's Ashes）中，提到他少年時一度沉迷在圖書館裡，猛讀有關處女殉道成聖女的故事，興奮不能自己。

　　中世紀和早期文藝復興的藝術品，在看過翡冷翠之後也就算看夠了，可是到了這裡總覺得做功課似的，不看像逃學，還是很盡責任地看完全館。結果最感動我的是那幅《老婦》（也是館中的著名收藏之一），就是一個滿面疲憊愁容的老婦人畫像，解說書上說「主題是個謎」，我認為畫的正是人世間老境的苦難。

＊

　說到老境，我實在佩服團裡那兩三位老太太。六七十歲的人，還加上風濕氣喘，可每天揹著畫具上上下下、東奔西跑，沒有聽見她們叫過一句苦，更不要求特別照顧。有時我想舉手之勞幫她們一把，總是被不在意似地婉拒了。請我喝紅酒的兩位老太勁頭真大：威尼斯的課上完後還要去翡冷翠玩。我問她們這麼多行李找誰搬呢，她們理所當然地答：找誰搬？自己搬呀！

　如果一定要我現在作個選擇，是要跟青年人還是老年人交往，我會選擇後者。我並不需要跟青年人在一起，去看見自己的過去、自己錯失而永遠無可彌補的歲月。跟老人家在一起，我可以看自己的將來；哪些是值得學習和期待的正面，哪些是該規避的負面。他們是現成的參考書。

＊

看完學院美術館出來，經過旁邊那家老師提到過的賣美術用品的小店，便走進去買了一小盒水彩。就算這次用不著，帶回家也是個很好的紀念品。

然後信步走到以天頂壁畫聞名的 San Pantalon 大教堂去，到了門口才發現大門緊閉，一看開放參觀時間是下午四到六時，暗罵自己糊塗，不先查清楚時間——這些教堂不比聖馬可那些觀光勝景，並非從早開到晚的。

回旅館走上了一條岔路，經過兩個很可愛的小 compo，看不見觀光客，只有蔬果攤、買菜的主婦、散步的閑人、狗和小孩……義大利人愛狗、愛小孩，看到許多男人帶著小孩。小孩穿得都很講究。

回到旅館房間已經餓得發昏，卻已沒足夠時間吃午餐了。幸好昨天早餐後順手帶回來兩塊脆麵包和一些巧克力抹醬，原是準備萬一半夜醒

來餓得睡不著吃的,現在可派上用場了。麵包夾巧克力,真的是 bread and chocolate(一部七○年代的義大利電影,講的是一個貧窮的南義大利人,移民到瑞士去的遭遇)。我對巧克力並無特殊愛好,夾麵包吃更是不倫不類,然而飢不擇食,如此甜膩的東西當午餐下了肚,才有體力奔波去上課啊。

＊

匆匆出門趕搭大水船到集合點 St. Alvise 小廣場,在「魚背」處、猶太人老區 Ghetto 附近; 乘大水船往北的路線跟昨天的一樣,要經過大運河的第三座大橋史卡仕橋(Ponte degli Scalzi),和小運河的三拱橋(Ponte dei Tre Archi)。三拱橋很美,昨天經過時猝不及防又貪看,沒來得及照像;今天有備而去,總算照到了。

下了船才知道還得走一段路,況且我刻意早些到,以便參觀 Ghetto

區。幸好吃了熱量豐富的午餐，否則揹著畫具提著小凳走上半小時路，真會把人累個半死。

當年初學 ghetto 這個字，字典上寫的是「（城中的）猶太人區」；到了美國，發現被稱作 ghetto 的地方住的並非猶太人而多半是黑人，這個字在美國早已等同於「貧民窟」了。直到今天，總算找到了 ghetto 這個字的最早起源：

十六世紀初葉，威尼斯政府規定所有的猶太人都得聚居一處，行動受到管束——就在這個四面被運河包圍、只有南北兩座橋與外界相通的「島」上。島名叫 Ghetto，威尼斯文是 geto，以原有一家鑄造廠而得此名。島上的猶太人白天可以過橋到別處去，但得佩戴識別身分的胸章和帽子；晚上就得回到 Ghetto 家中，不得再走動。橋上都有基督教衛兵看守。

當時的猶太人在威尼斯只能從事三種行業：紡織、醫藥和放貸。

（莎士比亞筆下的《威尼斯商人》就是放高利貸的。）這種形同監禁的律令執行了三百多年，在拿破崙佔領時期曾一度「解禁」，但一直要到十九世紀六〇年代，威尼斯的猶太人才獲得行動的自由。現在全威尼斯大約有六百名猶太人，只有五家住在Ghetto裡。

我從南邊那座橋走進Ghetto，當年橋頭的衛兵崗哨當然早已拆了，我注意到橋欄杆的鑄鐵花紋非常美麗。島上雖說只住了五戶人家，但顯然訪客並無間斷；有一間小小的近代文物館、兩座猶太教堂、一間圖書館，以及好幾家商店、糕點鋪等等。我來不及細看，只匆匆照了幾張像，特別是幾幅二次世界大戰時大屠殺（the Holocaust）的浮雕紀念碑。猶太人是絕不會讓世人、更不會讓自己，遺忘這段歷史的。

＊

從Ghetto出來，沿著小運河才走幾步路，看到一座弧形拱橋形狀很

美，忍不住走過去靠近細看，竟然就迷路了。上課時間已到，我惶急亂走，沒想到不一會竟看見老師和幾名同學正朝著我迎面走來──威尼斯就有這個好處：只要不停地走，早晚總會走到目的地的。

老師要大家今天用粉蠟筆畫在色紙上。昨天我已試過，不過用的是顏色比較深的紙。今天天色晴美，我決定就用淺藍色紙作底，畫這座讓我迷了路的橋吧。

畫橋，往往不僅只是畫橋──我無法對橋周邊的一切視而不見：小運河、河上的水波光影、河邊的小街、街上古意盎然的石砌路和形態優雅的路燈、橋畔的小碼頭、停泊的船隻、兩岸的建築、遠處的教堂鐘塔……我該畫多遠、畫多少呢？

下筆之前的取捨，甚至比下筆作畫還難。舉著「視窗」前前後後的窺視，那一小框裡的風景充滿無限的可能，一點些微的偏差就可以是另一幅畫了；而框裡那無限延展到地平線的景色，是我的墨色無法全然涵

害得我迷路的橋。

10-2-02

一橫一豎兩座鄰近的小橋，在威尼斯幾乎處處可見。

蓋的，我的筆應當停在哪裡，而又可以讓想像力無限延伸出去呢？我得畫到哪一天哪一年，才能到達那樣的境界？

　　心裡存著這些雜念，下筆更覺得挫折。畫完了，清清淡淡的一幅，除了橋，別的皆近寫意了。雖不滿意，也知道對於作為一個學生的自己是不能太過苛求的。

　　我寧可畫得看似輕描淡寫，不讓那些努力與挫折顯露出來。跟文章一樣：我很怕看所謂「力作」，好像創作者的血汗氣力全都五顏六色淋漓盡致地擺出來了。真正的上品，是你明知那創作者的功力有多高、下的工夫又有多深、技巧上有多講究……，然而觀賞時渾然不覺，只知是

好，只感到優雅從容、絲毫不費力氣似的；觀賞者因而完全沉浸在欣賞的樂趣之中……

＊

下課後才知道今天有個驚喜節目。原來老師去年教過的一個學生的父母親，在威尼斯擁有一棟房子，就在今天寫生地點附近。學生這次沒來，雙親還是非常熱情，邀同學們下課後到他們家去坐坐、吃點東西。有這等好事，大夥自然精神一振，欣然前往。

這是個難得的機會，可以登堂入室參觀一棟威尼斯的住家。他們住二樓；得先穿過底層黑洞洞的公共空間，石砌的大堂非常陰寒，第一印象並不很好。待上了樓梯，便豁然開朗；進了大門，寬敞明亮的客廳、品味獨特又舒適的家具佈置，馬上就像到另一個國度了。

當然還是在威尼斯。從不同的房間，可以看到兩條不同的小運河，

映照著天光雲影。走到花木扶疏的陽台上，遠眺夕照中教堂的鐘塔，俯視則正好看見一艘「貢多拉」緩緩滑過平靜的水面……原本興奮聒噪的眾人，竟有一剎那的靜默。

　　主人家準備了一桌的香檳酒、小點心、三文治、水果、甜品……這哪是「坐坐」，分明是招待自助餐嘛。大夥走了畫了一下午，這時飢疲交迫，全都老實不客氣了。杯盞交錯間，話題從對這間住房的讚嘆發展到對整個威尼斯的依戀。

　　團裡的同學大部分來過威尼斯，好幾個已經愛上了這個城市，作起長久的打算了。大家公認威尼斯的外貌幾乎是不變的，唯一的改變大概就是與日俱增的遊客。記得二十年前來時，聖馬可廣場上哪有這許多螞蟻雄兵？在史丹福大學美術館擔任義工講員的瓊說：她第一次來威尼斯可更早了，半個世紀前了吧，那時還是個少女，覺得威尼斯就跟電影裡的一樣，沒什麼人，安安靜靜的好有情調，哪像現在？「可是，」她嘆

威尼斯住家的陽台，俯視有小河，遠眺有鐘樓。

口氣：「人再多也還是想要來啊。」

　　全班最年輕的N，已經在打聽租一間臨水小公寓一年半載是什麼價錢。今天的主人說：他們回美國或到別處去長期旅行，這幢房子是可以出租的，兩間臥室和兩個起坐間，一千歐元一星期。眾人皆稱比旅館便宜，卻不知有沒有想到一年有五十二個星期？R倒是很實際，開始細細盤算著若是終老於此，得有多少錢才負擔得起⋯⋯

　　這使我想起英國作家毛姆的一個短篇小說〈食蓮人〉（The Lotus Eater）。故事說的是一個英國人到義大利南邊美麗的卡普麗島度假，被島上天堂般的景色迷住了，便想定居在那人間仙境終老。於是回英國辦了提早退休——他才三十五歲呢——準備用微薄的積蓄活到六十歲，然後沒有遺憾的自我了斷⋯⋯。可是他萬萬沒有料想到：天堂歲月銷磨了他的意志與決心，六十「大限」到時他還戀棧偷生、捨不得撒手。一文不名的殘生當然過得狼狽不堪，結局可想而知，是一場並不美麗的悲劇。

威尼斯最華麗的諸「宮」之一，Ca' Rezzonico 宮。

　　我的同學們顯然聰明得多，像〈食蓮人〉這樣的天堂裡的悲劇，絕不會發生在他們身上的。

＊

　　主人不斷慷慨地開了一瓶又一瓶 Prosecco 香檳，大家在回程的船上全都昏昏欲睡。幸好有這頓豐盛的「點心」，不須再吃晚餐了——也沒時間吃晚餐：今晚在 Ca' Rezzonico 宮有個音樂會，老師已替我們買好了票。回到旅館匆匆洗換，時間已到，又趕出門搭船，好在只有一站水路，就在學院美術館的下一站。

　　之所以不走路而搭一站船，是因為 Ca' Rezzonico 宮的正門正對著大運河，下船就從碼頭「進宮」，比走陸路方便。這幢巴洛克式的豪邸是威尼斯最華麗的諸「宮」之一，本身也是一座收藏十八世紀威尼斯藝術品的美術館，以精美壁畫聞名的大廳，常會舉行像今晚這樣的音樂會。

坐在這樣的地方聽音樂，眼睛比耳朵更忙。大廳的天頂壁畫真是美侖美奐，四壁則是足以亂真的仿浮雕的壁畫，我一邊聽音樂一邊逐牆細細欣賞，想到這不正是所謂「聲色之娛」嗎，又有什麼不對呢！

　　音樂節目的組合，是一架鋼琴、兩名男高音、兩名女高音，外加一位既是司儀、又兼伴唱的男中音。一小時的節目精采又緊湊；這些年輕的表演者們若是在世界上其他地方，可能都會一鳴驚人，可惜在義大利好嗓子太多了，要出人頭地恐怕比哪裡都難。

　　音樂會是一家酒廠贊助的，所以結束後還請觀眾免費品酒。天哪，我連看都不敢看那酒的名字就匆匆離去了。下午喝了那麼多香檳，加上坐太久搖搖蕩蕩的船，我到現在還處在一種微醺狀態。音樂也像流動的水，一整個晚上我的身心都愉悅地飄浮在水上，不再需要酒，我要回房間修飾我的畫、寫我的日記了。

第8章　第五課

你已經到達生命中的一個階段，現在你所認識的人裡，死人已經比活人還多。而且心靈已經拒絕接受更多的面孔，更多的表情：　在你所遇到的每張新臉孔上，都印上了舊的樣式，每張臉孔都配上了最合適的面具。

（卡爾維諾，《看不見的城市》：〈城市與死亡〉之二）

＊

幾天逛下來，看人的心得是：義大利少女漂亮，還有就是中年男人好看——他們穿著考究，好看得像電影明星。他們也知道自己好看，因而都有點自覺地裝模作樣，但還不算討厭；看多了邋里邋遢的美國人，也算耳目一新。

小青年喜歡邊走邊用手機講電話，本就多話的義大利人，滿街手機就更聒噪了。可是還是感到南北義大利的不同：以羅馬為界，從羅馬開始往南，人們說話喋喋不休，加上誇張的表情手勢肢體語言……完全是馬斯楚安尼和蘇菲亞羅蘭的電影。可是北方人就文雅多了，米蘭、翡冷翠、威尼斯……這些地方的人比較安靜，不大符合那些義大利新寫實主義電影、或者美國黑手黨電影裡的形象。

其實本地的年輕人已經不多了。他們不耐煩水與橋的日子，想搬去一個能開車的地方……這是絕大多數年輕人的夢想，能怪他們嗎？「觀

威尼斯畫記

光客喜歡威尼斯？好，你們來，我們走。」

＊

今天上課寫生又在一座離島：以吹製精美玻璃聞名的木蘭諾島。乘船去木蘭諾，前一站會是俗稱「墓島」的聖米凱勒島。我決定上午先到墓島去。

從威尼斯北岸可以清清楚楚看見墓島棕黃色的牆垣，卻沒有橋通過去──還沒近到那程度，況且也沒有必要。乘船卻是不消幾分鐘就到了。乘這條船線的人多半為著去木蘭諾島，但在墓島下船的人也有好些，卻都不是觀光客了。我自問我是個觀光客嗎？別人看我一定是的。如果我手中也捧一束花呢？觀光客就不上墳了嗎？想到自己在巴黎也憑弔過幾處墓園，我似乎是個喜歡上墳的觀光客。

整座聖米凱勒島便是一個大墓園，非常壯觀。墓園比想像中還廣

遙望墓島在水一方。

闊，有幾十個區，每個區看過去幾乎沒有分別：全是一大片一大片的墓碑和花束，全有美麗的雕塑、大理石台階、拱門……一進一進的全都一個樣，怎麼找？我需要一張地圖了。於是循路牌找到辦公室（幸好從翡冷翠的烏菲茲美術館學到uffizi ——辦公室——這個字。）進去等了半天不見人影，喊叫幾聲也沒反應，卻一眼看見桌上一疊紙，不正是墓園地圖嗎！隨手拿起一張就走。

　　這下好辦了，大家都要問的那幾個顯赫大名，全在地圖上清清楚楚標示了出來。原來我要找的人都不在這些擁擠熱鬧的園區裡。像寫《火鳥》、《春之祭禮》的音樂家史特拉文斯基（Igor Stravinsky）和他的妻子，以及當初賞識年輕的史特拉文斯基而聘他作曲的芭蕾舞藝術家狄亞基勒夫（Sergey Diaghilev），都葬在東正教區，那是邊陲地帶一方有些荒涼的墓園；美國詩人龐德和約瑟夫・布洛斯基，則都葬在新教徒區。

　　東正教區雖然偏遠又荒涼，但史特拉文斯基的墓上卻不乏鮮花，以

及許多紙片，上面畫寫著樂譜、音符和各國文字。狄亞基勒夫的墓碑是潔白漂亮的大理石，也很氣派，而且也有人獻花。

沒錯，布洛斯基是葬在新教徒區——他終究沒有與他的俄羅斯同胞們葬在東正教區。新教徒區不像東正教區那麼荒蕪，但仍比不上外頭那

些美侖美奐的花園般的墓園。布洛斯基的墓相當樸實，豎立的碑上只有簡單的三行字：他的俄文姓名、生卒日月年（「24.V.1940-28.I.1996」）、和他的英文姓名。一個一生都在書寫文字的人，墓碑竟然如此簡單，有些出人意料——然而也該是這樣吧：所有的文字都印在書裡了，沒有必要再刻在石碑上——也可能沒來得及考慮碑上的文字，或者根本就

音樂家史特拉文斯基之墓。

我也放了一枚
小貝殼

ИОСИФ БРОДСКИЙ
24.V.1940-28.I.1996
JOSEPH BRODSKY

幾十枝筆

10-3-02

沒想過要給這地方留下什麼遺跡
……

　　原以為知道布洛斯基墓的人
不多，不料訪者顯然極多：平躺
的墓石上除了花束、燭台，還有
許多名片和寫滿字跡的小紙條，
有的散置、有的小心地塞進一個
透明塑料大封套裡。（我有些好奇：封套塞滿之後怎麼辦？）墓碑頂上
堆積了許多小石子，間雜著小貝殼，甚至錢幣。來到這裡的人，都想留
下一點什麼吧？

　　我也彎身揀了一顆小貝殼，輕輕放在墓碑頂上，和其他許多小石子
一起。正奇怪地上怎會有那麼多小貝殼，才想到這本就是個海島啊。據
說猶太習俗是從墓碑上取走一顆小石子、再放上一顆小石子。我倒並不

想取走什麼，只是掏出速寫簿畫下他的長眠之地，帶走我的印象與記憶。上了這麼多外國作家的墳，這大概是唯一有過一面之緣的。

最特別的是墓石上擺著一個玻璃筒，筒裡插滿二三十枝筆。我看過不少作家的墓，這是唯一有筆筒的。我掂掂自己手中這枝筆，想它兼負筆記和寫生的重任，不能捐獻出去加入這獨特的筆陣了。

時令雖然才過仲秋，威尼斯的氣溫卻已比歐陸低得多；而墓島上風大，雖近中午還是涼氣逼人。想到這位終老異國的流放詩人，死後，並沒有葬在他謀得終生教職、給他桂冠榮銜的美國，而是萬里迢迢讓遺體運來他深愛的威尼斯安葬。他死在一月，隆冬——是的，布洛斯基是個北方人，受不了夏天；在《水痕》裡他寫他最喜歡冬天的威尼斯，十幾二十年來守著盟約般的每年按時回來過冬，像另一種鄉愁，另一類候鳥。而這一切始於許多年前，他還在當時叫作列寧格勒的家鄉聖彼德堡，被一幅聖馬可廣場的雪景深深吸引……而今他應該也會喜歡寒風習

以吹製精美玻璃著名的木蘭諾島。

習的墓島吧。

書中有一段提及，有一晚他乘坐友人的小船，從北岸划出去，繞聖米凱勒島一圈再回來。他形容船如手掌，滑行過水的平滑的肌膚，如溫柔無形的愛撫……。他幾次提及墓島，很可能早就想到過有一天將長眠此島。

我記得讀到過關於墓島的規矩：由於土地有限，大部分的屍骨，在下葬十年後便要掘出遷葬別處，讓位給後來者。這算什麼呢？何不就燒成灰，撒進大海裡？不過這幾位外國名人倒是享有永久居留權的，布洛斯基大概不會受到這種干擾。

*

木蘭諾像個小型的威尼斯，也是由許多小島組成、運河流淌其間，

因而也有許多大大小小的橋。從十三世紀起，這裡就是個享有高度自治權的繁榮地方；到了十五、十六世紀，已是全歐洲的玻璃製作重鎮了。當時的玻璃工匠地位崇高，但終生不得離開木蘭諾一步，一離就得死——他們的手藝是最寶貴的財富與祕密，絕對不容外流。

趕在上課前先參觀「玻璃博物館」，主要收藏當然是幾百年來的古董，但也有一個現代作品的部門。我其實對後者的設計製作更有興趣——一種舊時的傳統工藝，能不能持續、過渡到新的時代，不但依然保有其獨特風格技藝，且一樣能引領風騷，這才是可貴。

看完才發現時間緊迫，隨便在小店買一塊披薩餅，邊吃邊趕到寫生

集合地點。想像自己揹著一袋畫具、啃著大餅倉皇趕路的模樣，一定又狼狽又滑稽。好在這裡沒人認識我——認識我的人無非是那些同學，他們決不會比我瀟灑到哪裡去。

＊

今天試畫單色水彩（wash）——就一種赭色，畫出來再洗淡了有舊照片的味道，我很喜歡。

對水彩我並沒有信心，用毛筆卻是駕輕就熟，把水彩當墨，畫一下就上手了。我選的寫生對象是一棟小樓房：陽台、煙囪、粉牆、有花紋

威尼斯畫記

的鐵柵門……赭色使得房子顯得古樸；特意留白不「洗」上墨色的那一片牆，果然像在白花花的陽光下亮得耀眼。畫完了自己感覺很好，昨天的那份挫折感總算離我而去了。

　　講評時老師特別誇獎了我這幅畫。幾天來我感覺得到他對我似乎比較苛求。評畫時，對生手他總是格外鼓勵有加，儘可能的找出優點來褒揚；當著全班對我的畫評卻是淡淡的，雖然一對一指點時他也極認真而熱切。今天他卻毫無保留地熱忱讚揚我的畫，我想他是很高興看到我嘗試新的東西吧。他不是一個很好的畫家，可是個好老師。這點非常重要。

＊

　　下課後為著貪看店鋪櫥窗裡美麗的玻璃製品，誤了水上巴士；慌亂中上了另一艘船，查票時才知上錯船了，這是專去滿佈豪華酒店和住宅的麗都島的私營船。收票員要我補票，我看票價很貴當然不肯──我又

不要去麗都。他用義大利話、我用英語雞同鴨講了半天，經過一位熱心女士的翻譯與調停，收票員終於同意讓我免費坐到麗都下船，立即（他強調「立即」：不得留下來在麗都玩）換乘往聖馬可的一號水巴士。我如言照辦，竟然後發先至，比大夥還早一些回到旅館。

後來才弄清往麗都的那艘私營船是直達，比其他船都快，從麗都轉船自然也更便捷。難怪那人非收我錢不可。我自以為理直氣壯就是不付，他大概看我講不通話無可理喻只好算了；結果是我在威尼斯乘了霸王船，實在不好意思。

*

明天將是最後一課，排在上午，可能有人下午就離開，所以全班的大聚餐訂在今天晚上。餐館離旅館沒幾步路，每天經過好幾趟，門面貌不驚人，但據說食家評價頗高。

每天奔波上課、席地寫生，同學們不約而同穿的幾乎全是牛仔褲、寬鬆的襯衫、耐髒的外套……大家彼此都習慣了這種「制服」。今晚一進餐館，驚呼之聲此起彼落，原來大家又不約而同的換上了出客的裝束，女士們多半化了些妝，與白天的邋遢形象判若兩人，難怪要彼此「驚艷」了。

　　晚餐開胃菜是雞肝醬，主菜是蘑菇飯和烤雞。酒菜俱佳，氣氛更是歡洽——幾天的相處，大家自不免生出了同窗之情。這群人本來也是些自重自愛之人，彼此都能親切相待、而又懂得尊重各人的空間；聚時守時間守規矩，散時各行其是決不黏在一處……這樣的學習團体，我認為是非常理想的。

＊

　　餐後依舊漫步去網咖，回來也依舊駐足學院美術館大橋上眺望夜景

夕照下的聖米凱勒島鐘塔。

⋯⋯我的天，人竟然這樣容易養成一個習慣！

面對夜色中的水光，我回想今日所見，也想到昨天幾位打算在威尼斯長居的同學，因而思索起一些或許是無解的問題——

一個人，要愛一個地方愛到什麼程度，才會想在那裡終老呢？是要像愛一個人愛到甘願與他長相廝守的程度吧？

若是一個地方，連一個你愛的人都沒有，這地方還可愛嗎？

若是一個本來毫無可愛之處的地方，卻有你最親愛的人，這地方會不會就變得可愛了呢？

還有，要愛一個地方愛到什麼程度，才會想要葬在那裡？——像佩姬·古根漢，像龐德、史特拉文斯基⋯⋯當然，還有布洛斯基。

第9章　最後一課

「記憶中的形象，一旦在字詞中固定下來，就被抹除了。」馬可孛羅
說：「也許我害怕如果我提到的話，會一下子就失去了威尼斯。或
許，我在提到其他城市時，我已經一點一點地失去了她。」

（卡爾維諾，《看不見的城市》：第六章首）

＊

竟然是最後一天了！一直以為這個假期很長、日子很多，有恃無恐似的可以慢慢看、慢慢畫、慢慢學……待發現已經是最後一天了，竟然有些著慌──還有好多地方沒看呢！

最惶恐的是畫：怎麼只畫了這麼一些？怎麼還沒用上水彩？怎麼才覺得畫「上手」了就要結束了呢？如果就只是上課，我真的願意像這樣再上一星期。

今天上早課，老師要大家趕到麗雅托市場看早上的市集、寫生。

麗雅托大橋及近旁一帶，身處威尼斯地理中央，既是交通要道，又兼商販市場中心；附近的菜市場也是全威尼斯最大、最有名的。大清早趁著觀光客還沒出動就去菜市場寫生，真虧老師想出來的好點子。

旅行每到一處，只要有機會，我就喜歡逛城鎮裡的菜市場。沒有比菜場更能如實反映平民百姓家常日子的地方了：民生物資的供應狀況、

主副食品的價格、一般大眾的生活水平，甚至飲食習慣、口味禁忌……多少都能看出一些。逛菜市場兼寫生，真是一舉兩得。

麗雅托市場的蔬果攤。

這個市場實在太精采了！這一帶本就是威尼斯最早的商業區，做了有幾百年的生意了。麗雅托菜市場規模雖大，卻整潔得出奇，毫無氣味。我到過羅馬的大市場，遠不及這裡的整齊乾淨。光是海鮮就佔了一大方場，魚蝦全都漂亮極了，且是新鮮不用冰凍的，難怪地上沒有濕淋淋的水灘。果蔬在另外一區，也都是嫣紅翠碧，鮮亮欲滴。緊傍的運河上就是一艘艘船載來鮮貨，卸下船來一上岸幾步路就是攤位了。

Rialto Market
10.4-02

*

逛完一大圈之後，我選定一處蔬果攤坐下來寫生，其實是看人：觀看當地人悠閒從容地精挑細選，跟攤販老朋友般的有說有笑……讓人覺得這裡的日子真是好過，而且暗暗感嘆這地方真富——從前富，現在也富。從前富，是整座城裡每一處即便是最細微不重要的小地方，也不憚其煩不惜工本的精雕細琢、裝飾美化，不富辦得到嗎？至於現在的富呢——大清早來菜市場看當地人的吃穿就可以知道了。

我還喜歡這裡的公共空間——每走三五條街就是一個小方場（compo），是附近居民的活動區，下午以後會看到小朋友在那裡嬉戲，家長不須顧慮他們的安全。方場裡親切舒適的café自然是不可少的，也有擺攤子的小販；水井是不用了，公用水龍頭還到處可見，婦女汲水的鏡頭我也捕捉過。來的路上我看見一個漂亮的水龍頭，古色古香的石雕獸口中噴出一注水，忍不住停下來畫，幾乎上課遲到。

對公共空間的重視，該是早自古羅馬時代就開始了。記得走在龐貝古城的遺址中，就一再驚歎於公共建築設施的先進和周到，感覺得到當時市民的生活品質已經有多高了。

看著威尼斯這些方場我很羨慕：美國是個人主義到了極端，偏又對人身安全敏感到神經質的地步，城郊住宅區家家戶戶大門緊閉、每人自開一車獨來獨往，孩子們被媽媽載著上下學、課外活動、遊玩⋯⋯直到他們自己會開車為止，實在並不是一種正常的生活方式。

＊

在市場裡畫了大、中、小各一幅。那幅畫蔬果攤的大畫快完成時，居然有位老先生問我賣不賣，我真樂壞了：畫了六天，總算遇上知音了！我笑說還沒完成呢，等上了色再說吧！老先生友善地說：「祝妳在

威尼斯玩得開心，賣許多畫賺許多錢！」他還真以為我是來威尼斯寫生賣畫的藝術家呢，真想起身給他一個擁抱！

　　畫畫的時間總是過得那麼快，最後一課也到結束的時候了。照例是把大家畫作一字排開講評。由於是在人來人往的熱鬧場所，好奇駐足（也許真是被我們的作品吸引了）的人不少，評頭論足指指點點，儼然與老師各說各話。

　　幾天以來，從同學的畫作也學到不少東西。最令我驚奇的是每個人的「觀點」——老師把大家帶到一個地

老師 Larry。

方，每個人選了不同的寫生對象，有的是雄偉壯麗的建築，有的卻是一小方不起眼的石雕、窗櫺或樹叢……而後者的別具慧眼往往給人驚喜。就算大家寫生對象是同一件事物，待到作品展列出來還是會有驚奇——每個人看待同一景同一物竟會有差距如此之大的觀點！而差距更大的，是每個人對同一景物的詮釋。

從這一點我再次學到了重要的一課：沒有人可以要求另外一個人持有與自己完全相同的觀點與詮釋。即使是站在完全相同的觀看角度，我們所看到的、以及我們以為自己所

運送新鮮蔬果的貨船。

看到的、因之描繪敘述的，都只是我們自己一時一地之所見。待光陰流轉，明天太陽升起時，我們或許又會看見一幅光影色彩都不同的圖像了。

*

下課前大家最後一次共飲 Prosecco ── 虧得師母想得周到，不但帶來香檳還帶了塑膠杯。大家碰杯祝彼此剩餘的旅程愉快、平安返家。整整一個星期前全班第一回聚在一起喝香檳，既像短短幾天之前，又像是很久以前了。在威尼斯，時間變得更難以捉摸，像這周遭無所不在的水。

飲乾了杯，大家殷殷道別，約定明年初在老師舊金山的家中舉行「同學會」。於是握手、擁抱、揮別……真有一片依依惜別之感。

散了之後，我和幾位同學想起老師提到過：這附近有一家小 café，

牆上掛的許多畫頗值得一看，菜也還可以，於是一夥人就往那裡去了。途中凡是經過畫廊都不約而同的駐足品評，見到有我們畫過的景點更是興奮，紛紛議論著別人這樣畫的得失、或許自己也該嘗試那種技巧……。看來我們這班學生還真是用功，老師若在旁邊該會很欣慰吧。

午餐大家都吃得很簡單，我點了一份蔬菜乳酪三文治，非常好吃。蔬菜很新鮮，想必是麗雅托市場買回來的。

＊

午餐後眾人各奔前程，我還是要看畫，先去名氣最大的Santa Maria Gloriosa dei Frari——我的天好長的名字，一口氣唸不完的，一般簡稱Frari，弗拉里大教堂。

這座有著高聳的鐘塔的哥德式大教堂，簡直就是一間藝術寶庫（門票只收兩歐元！），滿廳滿牆的好畫好雕塑，令人目不暇給。最著名的是

幾位文藝復興大師的鉅作，包括兩幅提香（Titian）的聖母——都說拉斐爾畫的聖母容貌最美，提香畫聖母則以構圖與氣勢取勝，尤其巨幅的聖母升天圖確是氣派恢宏；另外還有貝里尼（Bellini）的畫，和當納提洛（Donatello）的雕塑，以及好幾座富麗堂皇的威尼斯名人紀念碑。

　　一下子看太多精品，會有快要喘不過氣來的感覺，而且宗教畫看多了很容易疲倦。忽然很想到現代美術館去調劑一下——我知道Ca' Pesaro那個巴洛克式的美術館裡，有許多我喜歡的近代現代畫家的作品，包括克林姆特（Klimt）那幅著名的「莎樂美」……。可是來不及看了，時間實在不夠。在威尼斯，在古典與現代之間作選擇，我必得取前者。然而就算擇精而取，威尼斯的菁華十天半個月裡也看不完。

＊

　　從弗拉里大教堂出來，我決定坐下來再畫一幅橋。教堂前的這座橋

我認得：改編自亨利・詹姆斯小說的電影《The Wings of the Dove》，其中有一幕是男主角坐在弗拉里教堂前、面對這座橋，一個婦人向他走來，告訴他那位善良的美國女子病逝的消息……（下一場便是她的棺柩用船運去墓島下葬）。

石橋和它的周遭都沒有什麼鮮艷的顏色，我便選擇用赭色水彩wash來呈現一種昔日的氣氛。畫了一半，忽然想到每當這時老師就會走過來看看，解答疑問、提出意見和指點……。耳朵似乎還在等待老師溫和的聲音，可是飄浮來去的只有遊客的笑語。一時之間我竟有點失落感——唉，怎麼這麼快又成了一樁習慣的俘虜了？

我振作起精神，繼續畫下去。畫畫的時間總是過得好快，眼看太陽西斜，氣溫也漸漸涼下來，只得草草收場。

這中間還有一段插曲：一名拖著皮箱的白種女子，氣急敗壞地上前來問路，我對她說的地址毫無概念，便把威尼斯地圖掏出來借她查。她

查了半天不得要領，我只好很抱歉地說：「對不起我幫不上忙，我也是個遊客。」她不能置信地瞪大眼睛：「真的？妳也是個遊客？」奇怪了，難道她也以為我是定居在威尼斯賣畫的嗎？——唔，說不定這幾天的日子過下來，我還真看起來滿像個畫畫的呢！

要看宗教畫絕不能錯過弗拉里大教堂。

＊

　　想起前天沒看成的 San Pantalon 教堂，從這兒走過去不遠，現在正是開放的時間。於是收拾畫具，查看地圖擇路而行。不料一上路就搞錯方向，愈走愈不對，竟然來到了大運河邊，而且眼前赫然又是一座大橋。我認出這座橋便是火車站前的史卡仕橋了。我特意上去走一遭──這樣誤打誤撞，我竟把大運河上的三座橋：學院美術館橋、麗雅托橋和史卡仕橋都走遍了！

　　在威尼斯走錯路也好玩，這一路上我又經過許多不曾到過的河街小巷，看見更多美麗的小橋、門飾、櫥窗，還有一條正在動工填塞（也許是疏濬）的小運河……

　　走了這許多路，一路又貪看又速寫，好不容易到了 San Pantalon 教堂已是強弩之末，站在巨大的天頂壁畫下，快要連抬頭仰望的力氣都沒有了。

這片涵蓋四十景的十七世紀末葉大壁畫，名氣雖不及米開蘭基羅在西斯丁教堂的傑作，但也是威尼斯多不勝數的壁畫中最壯觀者之一了。尤其從四面到中心點、從暗到明的設色，對視覺上造成仰望無垠蒼穹、甚至隨視線而飛升的錯覺，是很獨特的觀畫經驗。

　　畫家伏米安尼（Fumiani）花了二十四年的工夫才完成，據說最後他是從搭在天頂的高架子上掉下來摔死的。唉，這也算是以身殉藝術了吧？我在威尼斯欣賞的最後一幅傑作竟有如此悲壯慘烈的背景故事，倒是始料未及。

＊

　　團裡唯一的夫婦檔同學J和P，邀我和素一同到旅館附近一家口碑甚佳的館子吃「最後的晚餐」，兩位老太太和R聞風而來加入，結果浩浩蕩蕩七人同行。我們的桌子設在餐館後院的葡萄籐架下，點著蠟燭，情

調美極了。

　　開胃菜的義大利餃子和蔬菜都不錯，就是我的魚不怎麼樣。真奇怪，早上菜市場裡那麼多新鮮活跳的魚，燒出來怎麼會這麼乾枯乏味？看來烹魚技藝，老意還是比不過老中。不過酒是好得沒話說，J也很懂得點。

　　同學們都喜歡J和P夫婦，也很羨慕他倆能有共同興趣、一起旅行作畫。兩人都畫得不錯，但風格完全不一樣。我注意到他倆從不批評彼此的畫作，更從未見他們為任何事爭論，總是興致很好的跟大夥玩在一起。一位離了婚的女同學模仿托爾斯泰的名言說：「不幸的婚姻可能有各種不同的原因，幸福的婚姻起碼要具備一個條件：像J和P這樣。」

　　威尼斯的最後一頓晚餐，像小船輕輕從水上滑過，愉悅而美妙，不疾不徐地在夜色中過去了。

大運河上的第三座大橋，史卡仕橋。

＊

　　雖然明天早上搭赴機場的水上巴士時間早已查清楚了，但為著萬全起見，飯後我還是走到碼頭再確定一下。好險，幸好來這一趟——前天才來過的碼頭，竟然變魔術般地不見了！正要開始懷疑自己是不是找錯了地方，忽然在近旁看到一方告示牌，說碼頭已搬到前方兩百米、兩座橋之外去了！我的天哪，明天得拖著行李多走兩百米冤枉路、還得翻過兩座橋！

　　懊惱之餘也不無慶幸之感：幸好不是明天早上來了才發現，到時就算趕上船大概也要急得發心臟病了。其實這種烏龍事在義大利是常見的，能有個牌子解釋清楚已是難能可貴了。

　　最後一個夜晚，我最後一次走上學院美術館大橋，站在橋中央面朝 Salute，畫大運河的夜景。我以深灰褐色畫紙作底，用白色粉蠟筆勾點出那些黑暗中的亮光：Salute 大教堂的穹頂、鐘塔、佩姬・古根漢美術

館、對岸的亭台樓閣、河上的船、兩岸和映在水上的燈火……

　　天啊，我該怎麼畫才能把這些閃爍璀璨的光景捕捉下來？我和我的紙筆都無能為力。那些光影是水，是時間，是瞬間即逝的美。我一旦試圖凝止它們，我就永遠失去它們了——除了印在腦中的記憶。

威尼斯的最後一夜 — 從 Accademia 天橋 面對 Salute 教堂   10-4-02

第10章　回家

忽必烈問馬可孛羅：「你回到西方以後，會對你的同胞講述你告訴我
的故事嗎？」馬可孛羅説：「我會不斷的訴説，但是，聽眾只會聽到
他所期待的話語。」

（卡爾維諾，《看不見的城市》：第九章首）

✱

　一早好緊張，鬧鐘還沒響就醒了。最不喜歡趕搭早班飛機，感覺上總是兵荒馬亂的。本來還要搭更早的，跟 J 和 P 夫婦同一班，來之前臨時換了下一班，免去了凌晨四點半出發的痛苦，又不必在法蘭克福機場再等上五個鐘頭。心中正自慶幸，不料這一天的折騰讓我後悔不迭──早知如此，寧可不換也罷，清晨四點跟他倆同搭水上的士，就什麼麻煩也沒有了。

　拖著一大一小兩件行李，外帶拎在手上的寫生用小折凳，走過崎嶇不平的石砌小街──歐洲這種小街平常看著古意盎然情調十足，皮箱拖在上頭可是震得虎口發麻──好不容易來到「兩百米外、兩座橋外」的臨時碼頭。這幾天我看威尼斯每座橋都可愛，只有到了今天早上，拖著行李上上下下這兩座橋，走不完似的石階，簡直可惡透了！

　幸好我的旅行打包原則是：僅限自己一人能搬運者為度，需要第三

隻手幫忙的就不帶——除非我也帶了那位「第三隻手」一同旅行。嚴格奉行這條獨行的金科玉律，才能享受更多的行動自由；而且在一些需要機動性的節骨眼上，可以發揮意想不到的功能——這是後話了。

*

這一天漫長的回家之路，我學到的第一個教訓就是：寧可早到機場，坐著傻等總比最後一分鐘衝刺對心臟有利。

水上巴士的時刻表說是九點正到機場，可是九點零八分到了以後還要換乘陸上巴士去航廈。進了航廈我傻了眼：簡直比麗雅托市場還擁擠熱鬧！每一個櫃枱前都排長龍，全是義大利人和德國人的旅行團，這兩大歌劇民族的遊客碰到一處，其喧譁的程度恐怕是獨步全球。

好不容易終於輪到我時，離登機只剩半小時不到了。櫃枱後的小姐看了我的機票，竟說我換了班次沒換票，不行，得去大廳另一頭的另一

個櫃枱換票,並繳付八歐元的手續費。我想:在這個用電腦開電子機票的時代還要換紙票,威尼斯真有古風!無可奈何,只好拖著行李奔到換票櫃枱,還好那裡沒有長隊。辦事小姐好整以暇地研究我的票半晌,又拿起電話請示個沒完沒了;時間一分鐘一分鐘過去,我都快急瘋了,哀求她快一點好不好,她臉色凝重頻頻搖頭說航空公司說不行呀……我正感絕望之際,忽然她又改口說:「既然妳要趕這班飛機,就讓妳上吧!」便在我的票上貼了一張小紙條,連原先說好要收的手續費也不問我要就放行了。反而弄得我一頭霧水,搞不清這義大利邏輯是怎麼回事。

於是我又奔回原先的櫃枱,不料麻煩還沒完:「妳從法蘭克福到舊金山的電子機票,必須在法蘭克福機場換成紙票,所以妳的行李不能直接去舊金山,只能托運到法蘭克福為止,換票時再重新 check-in……」我差點氣結昏倒,但無暇與這些還生活在中世紀的人理論,只求讓我快快上機吧。

大運河在麗雅托大橋一帶最是熱鬧。

　　衝到安全檢查關口，又是大排長龍，眼看離起飛只剩五分鐘了，我當機立斷跑到隊伍很短的「乘務人員」閘門，對一位守門員說明情況緊急、要求讓我從這裡通過。這位義大利男士似乎很講人情，不但首肯，還親自領著我插隊。

　　正要通過金屬偵測門時，一個五六歲的小男孩忽然衝過來，硬是湊熱鬧要跟我一起走，他的媽媽拚命大叫「羅倫佐！羅倫佐！」也沒用。我擺脫他的糾纏快步過門，卻不知何故警報器大鳴，心想這下糟了，搜身檢查得要耽擱多少時間？不料那邊廂「羅倫佐」已轉換目標，以迅雷不及掩耳的速度跳上 X 光輸送檢查帶，想把他自己當成行李滾進去……一剎時雞飛狗跳，全體檢查人員都手忙腳亂地去阻擋（或搶救）這位過動兒。我暗暗感激小羅倫佐的及時幫忙，飛快穿過無人看管的檢查哨、順利登上飛機。

　　回想這幾個場景，像不像一齣義大利喜劇？

上了飛機不知何故遲遲不飛，急得我又口乾舌燥起來，終於起飛時已比預定時間晚了整整一小時。我每次來義大利都領教過這種急得死人的「義大利時間」，今天若錯過法蘭克福的轉機，只好說是天亡我也。

到達法蘭克福已經晚了三刻鐘，飛機還在天上盤旋半天不讓下；一降落我就以跑百米的速度去取行李，還好這兒已是德國，機場工人不再是好整以暇的義大利人，行李出來得很快。我像搶劫似地抓起箱子、然後拖著所有的行李出關、再跑上樓找我的航空公司⋯⋯等我上氣不接下氣的跑到櫃枱時，那位小姐冷冷地說：「太晚了，check-in 剛關上。」

一個上午的噩夢終於成真了：我錯過了轉機，今晚要在法蘭克福過夜。

累過頭加上這記打擊，反而令我麻木了，我認命地轉身去旁邊的櫃枱，想安排改換明天回舊金山的班次。忽然先前那冷冰冰的德國小姐探

過頭來看看我的箱子問：「妳就這兩件行李？」我說是的，她說：「妳的箱子不大，不須check in就可以上機，如果妳能在兩分鐘之內趕到登機門，就可以搭上這班飛機。」

我不能置信地看著她在半分鐘內為我劃好座位，做夢般謝了她，又拖起行李向閘門衝刺。安檢官員當然在本該托運、現成手提的行李中發現小剪刀、指甲銼之類不得隨身攜帶的危險物品，我毫無怨言——繳庫充公，只求快快脫身。待踏進機艙，整個人才感到簡直要虛脫了——不行，還得把這口箱子扛上行李格呢！真不知自己哪來的力氣。空服員過來幫忙，抱怨道：「怎麼這樣重！」我心平氣和地說：「它原該是托運的，並不準備勞您駕抬上去的。」

看著我這口竟然可以隨行的箱子，再一次慶幸自己輕裝上路的金科玉律，在關鍵時刻立了意想不到的功勞。想到抵達舊金山時不必等行李就可以直接出關了，更是得意。

最後一分鐘劃到的座位當然是最差的後排中間座，要是往常我一定大嘆倒霉，可是今天我能坐上這班飛機的任何一個座位都是非常幸運的。我心滿意足地閉上眼睛：家，就在不遠處了。

＊

　　回想這一天漫長的返鄉之路，雖比不上尤里西斯的轟轟烈烈，也算熱鬧緊湊、毫無冷場了；尤其幾度絕處逢生的驚險曲折，更是始料未及。我能理解德國小姐是照章行事，看了我的行李尺寸可以過關便放行；但義大利的那幾位究竟是憑什麼決定可否，我大概永遠也不會弄清楚。

　　因而想到所謂「民族性」這個抽象的東西。其實我是不贊成「刻板印象」的，但是每當遇到一些「案例」，就免不了想到這個笑話：

　　「對歐洲人來說，天堂與地獄的區別在於：在天堂裡，行政人員是

德國人，警察是英國人，銀行家是瑞士人，廚師是法國人，情人是義大利人。在地獄裡，行政人員是義大利人，警察是德國人，銀行家是法國人，廚師是英國人，情人是瑞士人。」

對這幾個民族有「刻板印象」的人都不免會心一笑；而我遇到過的歐洲人，除了一位瑞士男性之外，也都很有風度地默認了。只是我有些為法國人和義大利人抱不平：他們豈只是好廚師和好情人呢？他們是懂得生活情趣之美的好藝術家啊！然而在管理、秩序、效率這些方面，義大利始終是歐洲的笑柄。難道這兩種性格真的是互不相容的嗎？

若果真如此，我寧可威尼斯保持她的面貌——我願意忍受捉迷藏的碼頭、亂糟糟的機場、無厘頭的職員、中世紀的作業……只要她仍是我見過的、到過的、畫過的威尼斯。

＊

　　一路上重讀布洛斯基的《水痕》。詩人的這本書並不是詩，比較近散文但比散文更詩意，同時又有筆記的人事指涉與即興書寫──或許三者都是，但那奇特敏感的文字之美，讓我願意把它當作詩讀。

　　顯然他深愛威尼斯，但依然有一些若即若離、一些淡淡的嘲諷、甚至絮絮的抱怨，就像對一個情人。他從第一印象開始寫，但後來的篇章也並非依照時序的。初讀似乎並沒有一個主軸線，然後漸漸地，從那些看似不經意不連貫的人事描述、從開頭的陌生淺淡，直到後來情感色彩愈見濃烈；像他形容冬夜空無一人的聖馬可廣場上的濃霧、漲潮時洶湧而來的海水、乘小舟繞墓島一圈的那個幽愴的暗夜……

　　「這裡是一個夢，我不斷回來我的夢裡。」他這樣寫道。威尼斯的美讓他感到熟悉又安全，於是他追隨著這裡的美，像追隨一個夢，十幾二十年不斷的回來，一個冬季又一個冬季。他愛這裡──而「愛」，他

說，是「一個倒影與它的對象之間的情事。」

只有建在水上的城市，才處處有倒影吧，我想。

在夏秋威尼斯的旅遊旺季裡，讀這本色調陰暗清冷的冬之書是很好的心情調整，陰冷中暖色的美麗才分外動人。他寫水、時間、倒影、音樂……最後一切還是歸於時間——和水。水是時間的形象，他也這麼說。

＊

美好的東西總讓人想要擁有。擁有不是實體的佔有，而是心靈的理解、欣賞，以及關懷與包容。

如何擁有一個城市？一個像威尼斯這樣的地方？

在威尼斯，每天乘船行過大運河，兩岸美麗的臨水華廈令人目眩神迷；有一次同行的人指指點點說笑：「我喜歡這幢……我要那幢……送

給我這幢我明天就搬進來……」轉過頭來問我：「妳呢？妳要哪一幢？」

我想：給我一幢，我會要嗎？我不知道。至少我對「擁有」的觀念跟許多人不太一樣吧。

用腳步走、用眼睛看──不止用眼睛，還要用心；只是看還怕看得不夠仔細、還怕看了以後會忘記，所以要一筆一筆的畫下來、一個字一個字的寫下來……

我畫、我寫，是要自己放心：不論將來威尼斯變或不變、存在或消失，不論我會很快再回到威尼斯、或者永遠再也不會回去……我已經擁有威尼斯了，在我的心裡，我的記憶裡。

威尼斯是在消失之中。這座建在海畔沼澤上的水城，不斷遭受海水入侵，一年要淹上好幾次大水；一幢幢美麗的建築，細看地基都被海水浸蝕了。整個威尼斯正在緩緩地、不斷地下沉。搶救威尼斯是刻不容緩的事，每個人都這麼說，心中都懼怕總有一天，威尼斯終會變成一座看

不見的城市，像那個最愛她的卡爾維諾的那本書名一樣。

　　你怎樣擁有一個即將消失的地方？——其實不必擔心，我們會比這個地方消失得更早。

沒有照到面前的水，還看得出是威尼斯嗎？

　　我極愛旅行，然而又是個極端戀家的人。我連在夜晚看見遠處陌生人家窗裡透出來的燈光，都會想像那屋裡家的溫馨。不但戀自己的家，甚至對於曾經待過的地方，無論久暫，也能生出一份依戀與不捨。即使只是短暫的歇腳處，我也喜歡把它佈置得可親，像一個異鄉之家。我常把人生比作行旅，對於停歇處最易生情，只因那是家或家的替代。

　　我家後院有一座很簡單的小木橋，是剛搬來時搭建陽台多餘的木料，請木匠順手釘成的，架在一條用鵝卵石鋪成的「石溪」上。孩子們看見，總喜歡走上去玩玩，跳幾下。

　　好幾次當我走在威尼斯的橋上，會想到家中後院那座小木橋。旅人要有家可歸，旅行才有了意義。走在天涯海角，知道那座小橋總在那兒等我，世間的橋全都可親了。

威尼斯畫記

＊

「……所以，你的旅行其實是記憶之旅！」大汗喊道：「你走了
這麼遠，只是為了卸除懷鄉的重擔！」

（卡爾維諾，《看不見的城市》：第六章末）

劃撥帳號：19000691　成陽出版股份有限公司　掛號另加20元
本書目所列定價如與版權頁有異，以各書版權頁定價為準

文學叢書

朱西甯 作品集

1. 鐵漿 240元
2. 八二三注 800元
3. 破曉時分 300元

王安憶 作品集

1. 米尼 220元
2. 海上繁華夢 280元
3. 流逝 260元
4. 閣樓 220元

楊　照 作品集

1. 為了詩 200元
2. 我的二十一世紀 220元
3. 在閱讀的密林中 220元
4. 問題年代 280元

成英姝 作品集

1. 恐怖偶像劇 220元
2. 魔術奇花 240元
3. 似笑那樣遠，如吻這樣近 280元

平　路 作品集

1. 玉米田之死 200元
2. 五印封緘 220元

文學叢書　91

INK 威尼斯畫記
PUBLISHING

作　　者	李　黎	
總 編 輯	初安民	
責任編輯	黃筱威	
美術編輯	張薰方	
校　　對	黃筱威　李　黎	

發 行 人	張書銘
出　　版	**INK**印刻出版有限公司
	台北縣中和市中正路800號13樓之3
	電話：02-22281626
	傳真：02-22281598
	e-mail:ink.book@msa.hinet.net
法律顧問	漢全國際法律事務所
	林春金律師

總 經 銷	成陽出版股份有限公司
	訂購電話：03-3589000
	訂購傳真：03-3581688
	http://www.sudu.cc
郵政劃撥	19000691 成陽出版股份有限公司
門市地址	106台北市新生南路三段96-4號1樓
門市電話	02-23631407
印　　刷	海王印刷事業股份有限公司

出版日期　2005年5月 初版
ISBN 986-7420-67-5

定價　180元

Copyright © 2005 by Lily Hsueh
Published by **INK** Publishing Co., Ltd.
All Rights Reserved
Printed in Taiwan

國家圖書館出版品預行編目資料

威尼斯畫記／李黎　著.
－－初版．－－臺北縣中和市：INK印刻，
　2005〔民94〕面；　公分

ISBN 986-7420-67-5（平裝）
1.義大利威尼斯-描述與遊記

745.9　　　　　　　　94006934